책장 속 티타임

언제 보아도 좋은 달콤한 영국동화 이야기

기타노 사쿠코 지음 | 최혜리 옮김 | 강영지 그림

MONOGATARI NO TI TAIMU
– OKASHI TO KURASHI TO IGIRISU JIDOUBUNGAKU

Copyright © 2017 by Sakuko Kitano
Photograph copyright © 2017 by Waki Hamatsu
Originally published 2017 by Iwanami Shoten, Publishers, Tokyo.
This Korean edition published 2019
by Dolbegae Publishers, Paju-si
by arrangement with Iwanami Shoten, Publishers, Tokyo
through Korea Copyright Center Inc., Seoul.

책장 속 티타임

언제 보아도 좋은 달콤한 영국동화 이야기

기타노 사쿠코 지음 | 최혜리 옮김 | 강영지 그림

2019년 2월 28일 초판 1쇄 발행
2021년 9월 15일 초판 4쇄 발행

펴낸이 한철희 | 펴낸곳 돌베개 | 등록 1979년 8월 25일 제406-2003-000018호
주소 (10881) 경기도 파주시 회동길 77-20 (문발동)
전화 (031) 955-5020 | 팩스 (031) 955-5050
홈페이지 www.dolbegae.co.kr | 전자우편 book@dolbegae.co.kr
블로그 blog.naver.com/imdol79 | 트위터 @Dolbegae79 | 페이스북 /dolbegae

주간 김수한 | 편집 우진영·권영민
표지디자인 김하얀 | 본문디자인 이은정
마케팅 심찬식·고운성 | 제작·관리 윤국중·이수민·한누리
인쇄·제본 상지사P&B

ISBN 978-89-7199-925-7 (03800)

이 도서의 국립중앙도서관 출판예정도서목록(CIP)은 서지정보유통지원시스템 홈페이지
(http://seoji.nl.go.kr)와 국가자료공동목록시스템(http://www.nl.go.kr/kolisnet)에서
이용하실 수 있습니다.(CIP제어번호: CIP2019002629)

책값은 뒤표지에 있습니다.

책장 속 티타임

언제 보아도 좋은 달콤한 영국동화 이야기

기타노 사쿠코 지음 | 최혜리 옮김 | 강영지 그림

THE TALE OF PETER RABBIT

the Secret Garden

Frances Hodgson Burnett

WINNIE THE POOH

Arthur Ransome × Swallows and Amazons

A. A. MILNE

Tom's Midnight Garden

in the willows

Kenneth Grahame

A Bear Called Pad

★ Mary Poppins ★ P.L.TRAVERS

worm

Martin Pippin

돌베
개

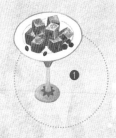

스코틀랜드

애든버러

북아일랜드

레이크디스트릭트

요크

맨체스터

아일랜드

노퍽브로즈

웨일스

옥스퍼드

잉글랜드

❶ 사자, 마녀 그리고 옷장: 나니아
❷ 버드나무에 부는 바람: 쿠컴딘
❸ 비밀의 화원: 노스요크무어스
❹ 곰돌이 푸: 하트필드
❺ 피터 래빗 이야기: 니어소리
❻ 한밤중 톰의 정원에서: 그레이트셸퍼드
❼ 제비호와 아마존호: 코니스턴
❽ 사과밭의 마틴 피핀: 사우스다운스
❾ 시간 여행자, 비밀의 문을 열다: 데딕
❿ 내 이름은 패딩턴: 런던
⓫ 메리 포핀스: 런던

차 례

9 들어가는 말 ♥ 차 한잔할까요?

11 사자, 마녀 그리고 옷장
겨울처럼 움츠러든 마음에 다시 봄을 ♥ **터키시 딜라이트**

29 버드나무에 부는 바람
그리운 마음이 담긴 봄의 피크닉 ♥ **플럼 케이크**

49 비밀의 화원
잠긴 문을 열고 나를 만나러 가는 길 ♥ **더비셔 오트케이크**

73 곰돌이 푸
마법을 언제까지나 마법으로 두는 법 ♥ **허니 바나나 머핀**

93 피터 래빗 이야기
자연과 시골 생활에 대한 더없는 애정 ♥ **롤리폴리 푸딩**

115 한밤중 톰의 정원에서
시간을 뛰어넘어 내 안의 어린아이와 만나는 시간 ♥ **스콘**

135 제비호와 아마존호
다정한 어른들과 용감한 아이들의 여름 낙원 ♥ **시드 케이크**

153 사과밭의 마틴 피핀
구운 사과는 사랑의 맛 ♥ **애플 크럼블**

171 시간 여행자, 비밀의 문을 열다
허브 향 가득한 시간 여행 판타지 ♥ **레몬 포셋**

193 내 이름은 패딩턴
크리스마스 선물처럼 찾아온 새로운 가족 ♥ **마멀레이드**

215 메리 포핀스
매서운 동풍을 타고 날아온 따뜻한 마법 ♥ **진저브레드**

235 옮긴이의 말
238 참고문헌

차 한잔할까요?

돌이켜 보면 저는 어린 시절 외국 동화책을 읽을 때 줄거리뿐만 아니라 이국의 색채가 담긴 세세한 묘사에 마음을 뺏겨 '이건 뭘까?' 하고 궁금해하곤 했습니다. 그게 과자인 적도 있고 허브 같은 식물일 때도, 지명일 때도 있었습니다. 초등학생 때 푹 빠져 읽은 『빨간 머리 앤』 시리즈로 처음 알게 된 라벤더도 그 가운데 하나입니다. 침대 시트에 배어들어 좋은 향을 내는 꽃이라니 대체 어떤 꽃일까 상상하곤 했지요.

대학에 들어가 아동문학을 공부하면서 요시다 신이치吉田新一 선생님께 영국동화의 '풍토성'에 대해 배웠습니다. 비어트릭스 포터를 비롯한 작가들의 일상생활, 그들이 살던 세계와 그곳의 자연 같은 풍토성에 닿아야 진정으로 그 작품을 이해할 수 있다는 것을요.

영국에 살면 그때까지 내 안에서 점점 커진 몇 가지 수수께끼를 풀 수도 있겠다는 생각과 영국에서 어떻게든 살아 보고 싶다는 마음이 갈수록 강해졌습니다. 20대에 '허브 유학'이라는 이름으로 보낸 1년여의 영국 생활은 바로 그 수수께끼를 풀어 가는 나날이었습니다.

'그런 거였구나!' 싶은 답들이 마치 보석처럼 생활 속 여기저기서 반짝였습니다. 영국에서는 일상의 바로 곁에 판타지가 있다는 것도 피부로 느꼈지요. 명작 속에 숨어 있던 세계를 펼쳐 보며 제가 느낀 놀라움과 재미를, 티타임을 즐기듯 같이 음미해 주신다면 더할 나위 없이 기쁘겠습니다.

기타노 사쿠코

사자, 마녀 그리고 옷장

겨울처럼 움츠러든 마음에 다시 봄을

"차 마시러 갈래요?"
하는 말은
"우리 친구 할까요?"라는
제안과도 같지요.
영국에서는 마음이 잘 맞을 것 같은
상대에게 다가가 차를 마시자고
초대해서 이야기를 나누고
서로를 알아 가며
친구가 됩니다.

『나니아 연대기 – 사자, 마녀 그리고 옷장』
THE CHRONICLES OF NARNIA — THE LION, THE WITCH AND THE WARDROBE, 1950

C. S. 루이스(Lewis) 지음 | 폴린 베인스(Pauline Baynes) 그림

피터, 수전, 에드먼드, 루시 네 남매가 들어간 옷장은 신비한 나라 '나니아'로 이어져 있었습니다.
아이들은 정의의 사자 아슬란과 함께 사악한 하얀 마녀에게 맞섭니다.

* 일본어판 세타 데이지(瀬田貞二) 번역(이와나미소년문고, 1985)

아이들은 좁고 어두운 곳에 마음이 끌리곤 합니다. 저 또한 벽장이나 옷장 속에 들어가 숨기도 하고 그곳을 비밀 기지로 삼아 놀던 추억이 기억 저편에 아련하게 남아 있습니다.

『나니아 연대기』는 옷장 저편의 나라인 나니아가 생겨나면서부터 사라지기까지를 일곱 권에 걸쳐 풀어낸 장대한 이야기입니다. 1권 『사자, 마녀 그리고 옷장』에서는 피터, 수전, 에드먼드, 루시 네 남매가 옷장 너머 나니아의 부활을 위해 활약합니다.

커다란 저택 안, 텅 빈 방 한구석에 놓인 옷장. 코트와 양복이 줄줄이 걸려 있는 그 너머의 어둠이 나니아로 이어집니다. 옷장을 통과해 다른 세계로 간다는 판타지 설정은 어린 시절 벽장이나 옷장 속에 숨어들어 놀아 본 사람이라면 누구나 자기 얘기로 느낄 만한 것이지요. 그래서 마치 나 자신에게도 그런 일이 일어났던 것처럼 빠져들어 직접 나니아를 여행하는 듯한 신비로운 감흥을 느끼게 됩니다.

이야기 앞머리에서 막내 루시는 숨바꼭질 놀이를 하느라 옷장으로 들어갑니다. 그런데 갑자기 가로등이 반짝 켜지더니, 주위를 둘러보니 눈이 새하얗게 덮인 곳에 와 있는 것입니다. 깜짝 놀란 루시는 혼자서 그곳을 헤매다가 상반신은 인간이고 하반신은 염소 모습을 한 파우누스족 툼누스와 만나게 됩니다.

"우리 집으로 차 마시러 가지 않겠어요?" 툼누스 씨의 권유에 루시는 망설이면서도 그를 따라갑니다. "차 마시러 갈래요?" 하는 말은 "우리 친구 할까요?"라는 제안과도 같지요. 영국에서는 마음이 잘 맞을 것 같은 상대에게 다가가 차를 마시자고 초대해서 이야기를 나누고 서로를

툼누스의 방. 루시는 이곳에서 근사한 다과를 대접받고 마음이 누그러진다.

알아 가며 친구가 됩니다. 저도 이제껏 함께 차 마시자는 말로 시작해
서 친구가 된 여러 얼굴들이 떠오르네요.

툼누스 씨는 바위 동굴에 지은 아늑하고 잘 정돈된 집에 살고 있었
습니다. 집에 도착하자 툼누스 씨는 곧바로 주전자를 불에 올리고 차를
준비합니다.

보드랍게 삶은 예쁜 갈색 달걀이 각자 앞에 하나씩 놓였고, 작은 정어리를
올린 토스트와 버터 바른 토스트, 꿀 바른 토스트를 차렸습니다. 그다음에
는 설탕을 입힌 과자가 나왔습니다.

삶은 달걀, 단맛과 짠맛이 나는 토스트, 그리고 설탕을 입힌 과자, 이 과자는 슈거 톱트 케이크sugar topped cake라고 부르기도 합니다. 모두 툼누스 씨가 직접 만든 것이었을까요?

따스한 대접에 루시는 불안을 잊고 배가 부를 때까지 티타임을 즐깁니다. 그리고 냉혹한 하얀 마녀가 이곳 나니아를 100년 동안 계속되는 긴 겨울 속에 꽁꽁 가두어 놓았다는 이야기, 언제나 겨울인데도 나니아에는 크리스마스가 오지 않는다는 이야기를 툼누스 씨로부터 듣게 됩니다.

곧이어 툼누스 씨는 이 티타임이 친구인 척 루시를 사로잡아 하얀 마녀에게 데려가기 위한 덫이었다고 눈물로 고백합니다. 그의 양심은 함께 차를 마시며 친구가 된 루시를 끝내 속일 수 없었던 것입니다. 툼누스 씨는 자기가 한 짓을 격렬하게 후회합니다. 그래서 이 일이 하얀 마녀의 귀에 들어가기 전에 얼른 루시를 두 사람이 처음 만났던 가로등 밑으로 데려갑니다. 루시는 원래 살던 세계로 무사히 돌아가게 되지요.

툼누스와 루시의 티타임을 떠올리게 하는 슈거 톱트 케이크(왼쪽)와 웨일스 지방에서 처음 만든 치즈 토스트 '웰시 레어빗'(Welsh rarebit). 웰시 레어빗은 맥주로 치즈를 녹여서 만든다.

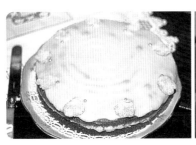

"그대가 가장 좋아하는 건 뭐지?"

"터키시 딜라이트입니다, 전하."

그러자 여왕은 아까처럼 병을 기울여 흰 눈 위에 다시 한 방울을 떨어뜨렸습니다. 그러자 녹색 비단 리본으로 묶은 둥근 상자가 금세 나타났습니다. 상자를 여니, 맛있어 보이는 터키시 딜라이트가 잔뜩 들어 있었습니다. 어떤 걸 집어 먹어도 말랑말랑하고 달콤해서 에드먼드가 먹어 본 것 중에 그보다 더 맛있는 걸 찾을 수 없을 정도였습니다.

여동생 루시처럼 옷장을 통과해 나니아에 이르게 된 에드먼드. 눈으로 뒤덮인 풍경 속에서 에드먼드는 순록이 끄는 썰매를 타고 나타난 하얀 마녀와 만나게 됩니다. 그러고는 '터키시 딜라이트'Turkish delight를 잔뜩 얻어먹지요. 이 과자에는 마법이 걸려 있어서 한번 먹으면 점점 더 먹고 싶어 참을 수 없게 됩니다. 그렇게 계속 먹어서 기분이 좋아지느냐 하면 그것도 아닙니다. 오히려 아무리 먹어도 모자라다는 생각만 들어 결국에는 죽고 마는, 무시무시한 '마녀의 음식'이었습니다.

제가 읽은 일본어 번역판에서는 이 터키시 딜라이트를 '푸딩'이라고 옮겼습니다.＊ 어린 독자들에게는 이름도 어렵고 낯선 과자라서, 에드먼드를 사로잡은 맛이 어떤 것인지 짐작해 볼 수 있게 배려한 것이겠지요. 이 이야기를 읽을 당시 저는 이미 대학생이었는데, 에드먼드가 빠져든 과자가 터키시 딜라이트라는 것을 알고 나서도 오랫동안 그 알쏭달쏭한 이름의 울림에 매료되었습니다. 도

＊ 첫 한국어 번역판인 『나니아 왕국 씨리즈』 1권(조영옥 옮김, 생명의말씀사, 1982)에서는 터키시 딜라이트를 '꿀엿'으로 옮겼다.

터키시 딜라이트(위)
포트넘 앤드 메이슨에서 파는 선물용 터키시 딜라이트(아래)

대체 어떤 과자일지 상상만 하다가 영국에서 처음으로 터키시 딜라이트를 마주하고는 저도 모르게 "왓!" 하고 탄성을 질렀지요. 영국 시골에 흔히 있는 과자점에서 껌이며 사탕들 틈에 진열된 터키시 딜라이트 상자를 발견했습니다. 상자 안에는 장미 맛과 레몬 맛이 함께 들어 있었습니다. 이게 에드먼드를 사로잡은 과자구나, 하면서 터키시 딜라이트를 천천히 음미한 기억이 납니다. 서로 달라붙지 않도록 흰 가루를 듬뿍 묻혀 놓아서 먹으면 입 주위가 하얘지지요.

런던의 유서 깊은 백화점인 포트넘 앤드 메이슨에서는 유리 진열장 안에 여러 가지 맛의 터키시 딜라이트를 멋지게 쌓아 놓고 판매합니다. 장미 맛, 레몬 맛 등 꾸준히 사랑받는 스테디셀러부터 피스타치오 같은 견과류가 든 것까지 종류가 다양하고, 무게를 달아 팔기 때문에 골라 먹는 재미가 있습니다. 물론 상자에 가지런히 담긴 형태로도 언제나 잘 팔립니다.

본래 이 과자는 로쿰lokum이라고 불리는 터키의 전통 과자입니다. 아나톨리아 지방 출신의 과자 장인인 하즈 베키르Hacı Bekir가 1776년 이스탄불에 차린 과자점에서 지금의 형태로 만들어 판매하기 시작했다고 합니다.

영국으로 전해진 1850년 무렵에는 이 과자를 '럼프스 오브 딜라이트'lumps of delight(즐거움 덩어리)라고 불렀습니다. 찰스 디킨스의 소설 『에드윈 드루드의 비밀』The Mystery of Edwin Drood(1870)을 보면 '럼프스 오브 딜라이트 숍'이라는 명칭이 나오지요. 이후로는 지금처럼 '터키시 딜라이트'(터키의 즐거움)라는 별명으로 부르게 되었습니다. 주재료인 옥수수 전분과 설탕 시럽을 가열하면서 반죽한 뒤에 장미수나 피스타치오 등 이국정취를 물씬 풍기는 재료를 써서 기본 맛을 내지요. 여기서 터키다운 풍미가 살아납니다.

자, 마침내 네 남매가 모두 함께 나니아로 갑니다. 이번에도 낡은 옷장을 통과하는데, 도착해 보니 툼누스도 하얀 마녀도 보이지 않습니다. 그 대신 울새 한 마리가 안내자로 등장합니다. 유럽울새는 12~14센티미터 정도로 크기가 작고 암수가 같은 빛깔이며 얼굴에서 가슴까지 선명한 오렌지색을 띠는 것이 특징입니다. 이 새가 하얀 마녀에게 맞서려하는 비버 부부의 집으로 남매를 인도합니다.

민담에 따르면, 울새는 가시관을 쓰고 십자가에 달린 예수의 이마에서 가시를 뽑으려다 피가 스며들어 얼굴과 가슴 깃털이 붉어졌다고 합니다. 이 외에도 예수와 얽힌 민간전승이 많아서 기독교 미술에 자주 등장하며, 크리스마스카드 도안 등 성탄절에도 빠지지 않는 단골 새입니다. 동화에도 곧잘 등장하지요. 뒤에 나올 『피터 래빗 이야기』에서는 피터를 지켜보는 어머니 같은 존재로(이야기에 직접 등장하지는 않지만) 삽화에 담겨 있고, 『비밀의 화원』에서도

◦ 한국의 울새와는 종이 다른 유럽울새(꼬까울새)로, 영어로는 '로빈'(robin)이라고 한다.

울새 모양으로 만든 크리스마스 장식품(왼쪽)과 울새를 그린 크리스마스카드(오른쪽)

언제나 주인공 메리 곁에 있으면서 폐쇄된 정원으로 메리를 이끄는 존재입니다(이 책 58쪽 참조).

　일행은 울새의 안내를 받아 비버 부부의 집에 무사히 도착합니다. 천장에는 커다란 햄 덩어리와 양파가 매달려 늘어져 있고 감자는 보글보글 익어 가며 주전자가 불 위에서 소리를 내는 따스한 장소였지요. 얼어붙은 바깥 풍경과는 무척 대조적입니다.

　비버 씨가 얼음낚시를 하러 간 사이, 비버 부인과 루시 일행은 빵을 자르고 테이블을 꺼내 놓는 등 식사 준비를 합니다. 프라이팬이 지글거리기 시작할 즈음 비버 씨가 갓 잡아 온 생선을 튀기고, 분이 나는 감자에 버터를 곁들입니다. 깨끗이 세탁한 성긴 식탁보 위에는 아이들을 위한 크림 가득한 우유까지 올라옵니다.

이렇게 모두가 생선을 먹었습니다. 식사가 끝날 가자 비버 아주머니는 주전자를 불에 올린 다음 전혀 생각지 못한 맛있는 것을 오븐에서 꺼냈습니다.

근사하게 번쩍거리는 커다란 마멀레이드 롤이 갓 나와 뜨끈뜨끈한 온기를 내고 있었습니다. 이 마멀레이드 롤을 다 같이 먹어 치워 갈 때쯤 찻물이 끓어올라 각자의 잔에 차를 따랐습니다.

마멀레이드 롤marmalade roll이 정확히 무엇인지에 대해서는 여러 가지 얘기가 있습니다만, 아마도 롤리폴리roly-poly라고 부르는 영국의 전통 과자라고 생각됩니다. 비어트릭스 포터의 『새뮤얼 위스커스 이야기』를 보면 새끼 고양이를 돌돌 말아 롤리폴리 푸딩을 만들려 하는 내용이 나오는데(이 책 96쪽 참조) 고양이 대신 마멀레이드가 들어가는 게 다르다고 할까요? 오븐에서 막 꺼내 따끈따끈한 스펀지케이크에 찐득하게 녹아 있는 마멀레이드의 풍미는 추운 겨울뿐인 나니아에 딱 어울립니다. 낯선 땅에 와서 움츠러든 아이들에게는 이 따뜻한 디저트가 무엇보다 안도감을 주었겠죠. 비버 아주머니의 다정한 마음이 느껴지는 한편, 빛나는 태양을 떠올리게 하는 마멀레이드의 색조가 나니아의 미래를 암시하는 듯합니다.

나니아 주민들의 간절한 바람은 아름다운 나니아를 만든 '위대한 사자' 아슬란이 돌아오는 것, 그리고 나니아를 구원하리라고 전해지는

마멀레이드 롤리폴리

두 명의 '아담의 아들'과 두 명의 '이브의 딸'이 나타나는 것이었습니다. 그들이 케어 패러블Cair Paravel 성에 있는 왕좌에 오르면 하얀 마녀의 시대도 끝난다는 이야기가 전해지고 있었거든요. 비버 부부는 얼마 전 아슬란이 나니아에 돌아왔다는 이야기를 듣고는 이 네 남매야말로 예언이 가리키는 인물들이라 믿고 정성스럽게 대접합니다.

함께 둘러앉아 식사하고 차를 마시면서, 비버 부부와 아이들은 방금 만난 사이일 뿐인데도 어느새 힘을 모아 하얀 마녀에게 맞서 나니아를 되찾겠다는 강한 동지의식을 갖게 됩니다. 마치 J. R. R. 톨킨의 소설 『호빗』에서, 보석을 되찾기 위한 장대한 모험을 떠나기 전에 열린 티타임과도 비슷합니다.

"이건 단순히 눈이 녹은 게 아닙니다."
난쟁이가 갑자기 멈춰 서며 말했습니다.
"이건 봄입니다. 어찌 말씀드려야 할까요. 당신의 겨울은 확실히 망가졌습니다! 아슬란의 소행입니다."

눈이 녹아 썰매가 제대로 움직이지 않자 걸어갈 수밖에 없게 된 난쟁이는 마침내 견디지 못하고 하얀 마녀에게 봄이 찾아왔다는 사실을 알립니다. 도중에 사람들이 산타클로스에게 받았다는 플럼 푸딩*을 먹는 모습에 충격을 받기도 합니다. 마녀는 자신의 힘이 약해져 산타클로스와 함께 드디어 크리스마스가 찾아왔다는 사실을 뼈저리게

* 건포도 등 말린 과일을 넣어 만드는 크리스마스용 푸딩.

1. 바닥을 내려다보듯 피어 있는 사랑스러운 스노드롭
2. 봄을 알리는 프림로즈
3·4. 큐 가든의 크로커스와 카우슬립

느낍니다.

세상에 빛을 가져다줄 존재로, 예수 그리스도의 비유로도 읽을 수 있는 아슬란이 돌아오면서 마침내 나니아에 생명의 봄이 찾아옵니다. 오랫동안 눈으로 뒤덮였던 대지에서 금사슬나무, 스노드롭, 크로커스, 프림로즈 등 봄을 알리는 식물들이 일제히 싹을 틔우고 꽃을 피우는 정경이 더없는 기쁨으로 넘칩니다.

새는 지저귀고 연푸른 나무들이 우거지고 산들바람은 상쾌하게 불어오며 노란 꽃은 흐드러지게 피는, 그야말로 영국의 봄을 떠올리게 하는 아름다운 장면입니다. 얼어붙을 듯 매서운 겨울의 추위를 견뎌 내고 큐 가든(왕립식물원)의 초록색 풀밭을 한가득 덮으며 피어오르던 보라색 크로커스, 들판을 산책할 때면 발걸음마다 피어 있는 사랑스러운 노란빛의 프림로즈와 카우슬립cowslip(노란구륜앵초)을 찾아내고 기뻐했던 일이 이 장면을 읽는 내내 제 안에서 영상처럼 살아났습니다. 새삼 봄의 모든 것에 감사하게 되는 정경입니다.

C. S. 루이스는 옥스퍼드대에서 연구하던 영문학자이자 작가, 종교인으로 저명한 인물이었으며, 시를 비롯해 기독교에 관한 저작을 많이 남겼습니다. 그 가운데 유일한 동화인 『나니아 연대기』는 작가가 애초에 재미있는 이야기를 만들기로 마음먹고 쓴 것이라고 밝힌 적이 있습니다. 기독교적인 색채는 나중에 덧입혔다고 하네요.

이야기 속 네 남매가 살던 시대는 제2차 세계대전이 한창이던 때로, 이들이 런던 공습을 피해 '벽촌에 사는 어느 나이 든 학자 선생의 저택'으로 가게 되면서 이야기가 시작됩니다. 그 학자 선생, 커크 교수는

C. S. 루이스가 차를 즐겼다는 옥스퍼드의 맥도널드 랜돌프 호텔(왼쪽)과 루이스가 만년에 머물던 스완 호텔(오른쪽). 스완 호텔은 코츠월즈의 민스터러블(Minster Lovell)이라는 작은 마을에 있다.

C. S. 루이스와 무척이나 닮았습니다.

실제로 2차 대전 발발 직후인 1939년 가을에 옥스퍼드 교외에 살고 있던 루이스는 런던 공습을 피해서 온 아이들을 맡아 그의 집 킬른스 Kilns에서 돌보고 있었습니다. 당시에 아이들 중 하나가 침실에 있는 오래된 옷장 뒤에는 무엇이 있느냐고 루이스에게 물었다고 합니다. "이 질문 또한 『나니아 연대기』를 탄생시킨 불씨 역할을 했을 것"(마이클 화이트, 『C. S. 루이스: 나니아의 연대기를 기록한 소년』, 2005)이라고 하네요.

이야기를 통해 움츠러든 아이들에게 위안을 주고 싶었다지만 루이스는 도중에 집필을 포기하기도 했습니다. 그가 '나니아 연대기' 첫 권인 『사자, 마녀 그리고 옷장』을 본격적으로 쓰기 시작한 건 처음 마음먹은 때로부터 10여 년 뒤인 1948년입니다. 일단 집필을 시작하니, 일곱 권에 걸친 방대한 '나니아 연대기'가 어디서 쏟아져 나오듯 거침없이 술술 써졌다고 합니다. 그렇게 해서 1950년부터 1956년에 이르기까지 거의 1년에 한 권꼴로 출판하게 됩니다.

흔히 작가들은 작품을 쓸 때 이야기를 들려줄 대상을 주변에서 찾는데, 막상 루이스가 책을 쓸 당시에는 더 이상 이야기를 들어줄 아이들이 곁에 없었습니다. 그래서 루이스는 자신이 어렸을 때 형 워니와 함께 상상 속 세계에 대해 이야기한 것을 바탕으로 '나니아 연대기'를 창작한 것으로 보입니다.

지금도 저는 크고 오래된 옷장을 발견하면 무심결에 뒤쪽을 확인해 보곤 합니다. 그래 놓고 스스로도 어이가 없어서 웃음을 짓지요. 옷장 뒤의 또 다른 세계는 신비로운 터키시 딜라이트의 맛과 함께 언제나 마음속에 자리하고 있습니다. ◗

에드먼드를 사로잡은 마녀의 과자

터키시 딜라이트

재료 12cm 사각 용기 1개분

백설탕 200g, 레몬즙 2큰술, 가루 젤라틴 1큰술, 옥수수 전분 25g, 식용색소(붉은색) 조금,
장미수(있으면)* 1작은술
고물 슈거파우더 25g, 옥수수 전분 25g

---

1 냄비에 백설탕, 레몬즙, 물 130ml를 넣고 약불에서 끓지 않을 정도로 가열한다. 설탕이 다 녹으면 불에
  서 내려놓는다.

2 볼(bowl)에 젤라틴, 옥수수 전분, 물 90ml를 넣고 잘 섞어 1의 냄비에 붓는다.

3 냄비를 다시 불에 올려 끓으면 약불에서 20분 정도 쉬지 않고 저으며 졸인다. 전체적으로 찰기가 돌고,
  뒤섞을 때 냄비 바닥이 보일 정도로 투명해지면서 누릇한 빛깔이 나기 시작하면 불에서 내린다. 물에 녹
  인 식용색소를 넣어 색을 낸다. 장미수가 있으면 더해도 좋다. 랩을 씌운 사각 용기에 붓고 그대로 실온에
  하룻밤 두어 굳힌다.

4 슈거파우더와 옥수수 전분을 섞어 만든 고물의 3분의 1 정도를 도마에 뿌려 놓고 그 위에 3의 용기를 엎
  어서 터키시 딜라이트를 빼낸다. 작게 깍둑썰기한 뒤 서로 달라붙지 않도록 남은 고물 속에 넣어 골고루
  잘 묻힌다.

* 장미수 대신 피스타치오, 헤이즐넛, 아몬드 등을 부숴 넣어도 맛있다.

버드나무에 부는 바람

그리운 마음이 담긴 봄의 피크닉

어째서 작품을
더 쓰지 않았느냐는 질문에
그레이엄은
이렇게 대답했다고 합니다.
"날씨가 좋은 날엔
바깥이 너무 아름다워서
책상에 앉아 있을 수 없습니다."
봄 햇살에 이끌려
밖으로 나올 수밖에 없었던
두더지의 마음 그대로이지요.

『버드나무에 부는 바람』

THE WIND IN THE WILLOWS, 1908

케네스 그레이엄(Kenneth Grahame) 지음 | E. H. 셰퍼드(Shepard) 그림(1931년판)

사람들이 사는 마을과 떨어진 조용한 강변에서 소박한 살림을 즐기는 두더지와 물쥐, 제멋대로 굴며 호기심 왕성한 두꺼비. 작은 동물들이 벌이는 여러 사건이 미소 짓게 합니다. 풍부한 정감 속에 그린 전원 판타지.

* 일본어판 이시이 모모코(石井桃子) 번역(이와나미소년문고, 2002)

이야기의 무대가 된 장소에 가 본다는 것. 그것은 이야기 속에 실제 세계와는 다른 별개의 세계가 존재한다는 것을 확인함으로써 사실은 작가가 펜으로 만들어 낸 바로 그 세계를 인식하는 일이라고도 할 수 있습니다. 『버드나무에 부는 바람』의 작가 케네스 그레이엄은 작품의 주요 무대인 쿠컴 딘의 그 강변에 앉아 물쥐, 두더지, 오소리, 두꺼비보다도 강 수면을 지그시 바라보던 다섯 살짜리 케네스 그레이엄의 시선에 집중하려 했던 것 같습니다.

—『이야기 탄생의 신비: 사이토 아쓰오(斎藤敦夫)* 강연록』

영국인이 사랑해 마지않는 동물 판타지 『버드나무에 부는 바람』은 강변에 사는 개성 넘치는 작은 동물들이 가지각색 사건을 벌이는 가운데 사계절의 변화가 만들어 내는 근사한 전원 풍경을 그리고 있습니다. 이 작품을 깊이 읽기 위해선 작가 케네스 그레이엄의 성장 배경을 모르고 넘어갈 수 없습니다. 주인공 동물들이 영국의 자연 속에서 한가로이 살아가는 모습을 따사롭게 그리고 있지만, 이 이야기는 사실 어머니를 잃은 어린 그레이엄의 쓸쓸한 마음에서 태어났기 때문입니다.

케네스 그레이엄은 1859년 스코틀랜드에서 태어났습니다. 생활력 없는 아버지, 친척집을 전전하는 불안정한 생활, 그런 가운데서도 늘 곁에서 자신을 다정하게 지켜 준 어머니. 그 어머니가 애써서 집을 마련하고 겨우 생활이 안정되려던 찰나에 어린 그레이엄은 성홍열로 쓰러집니다. 네 살 때의 일이지요. 그레이엄이 앓아누운 사이, 동생을 낳은

* 일본의 원로 동화 작가이자 동화학자.

지 얼마 안 된 어머니까지 성홍열에 걸려 세상을 떠나고 맙니다. 그렇게 그레이엄은 동생과 함께 외할머니 손에 맡겨졌습니다. 외가는 템스강 부근 쿠컴딘Cookham Dean이라는 마을에 있었습니다. 그레이엄은 바로 그 유년기에 템스강에서 보트를 타며 놀던 기억을 더듬어 『버드나무에 부는 바람』 속 정경을 그렸습니다.

『버드나무에 부는 바람』은 그레이엄이 외아들 앨러스테어Alastair에게 잠들기 전 들려주던 이야기에서 탄생했다고 합니다. 그레이엄은 아이에게 어떤 마음으로 이야기를 들려주었을까요? 애초에 앨러스테어가 듣고 싶었던 것은 쥐와 기린과 두더지 이야기였건만, 이야기를 거듭하면서 어느덧 기린은 사라지고 오소리와 두꺼비가 등장했으며 이야기의 무대는 강변에서 숲과 들, 목초지, 마을까지 뻗어 나갔습니다.

영국의 길고 추운 겨울이 드디어 끝을 보이며 눈부신 봄 햇살이 쏟아지기 시작하는 계절. 그때까지 땅 밑에 틀어박혀 있던 두더지와 물쥐는 햇살의 눈부심에 이끌리듯 밖으로 나옵니다.

만일 이 계절에 영국에 갈 일이 있다면, 분명 그 마음을 이해할 수 있을 겁니다. 10월의 마지막 주말부터 영국은 윈터타임wintertime으로 바뀌면서 시계가 한 시간 느려집니다. 그래 봐야 아침 8시에도 여전히 어둑어둑하고 오후 4시면 해가 지는 가을부터 겨울까지는 내내 낮이 짧고 어두침침합니다. 그런 나날이 이어지는 가운데 문득 낯익은 정원이나 늘 지나다니는 길가에서 고개를 숙이듯 흰 꽃을 피운 작은 스노드롭을 발견하면 마치 깊은 어둠 속에 켜 놓은 밝은 촛불처럼, 봄의 방문을 알리는 희망의 빛처럼 느껴집니다.

영국의 봄을 빛깔로 나타낸다면 노란색일 것이다. 노란색 수선화는 봄빛 그 자체다.

영국에서도 봄이 오면 대청소를 합니다. 긴 겨울 끝에 봄을 맞이하는 상쾌한 기분과 맞닿아 있는 습관이겠지요. 꽉 닫아 놓았던 창문을 열어젖히고 새로운 계절의 막을 올리듯 봄을 맞이하는 의식이라고 할 만합니다. 그런 봄맞이 대청소도 내팽개치고 마음이 들떠 집 밖으로 나와 버린 두더지. 두더지가 기쁨에 겨워 어쩔 줄 몰라 하도록 만든 건 물쥐의 바구니에 가득한 진수성찬이었습니다.

"이 안에 뭐가 들어 있구나?" 두더지는 너무도 알고 싶은 나머지 몸을 움찔거리며 물었습니다.

"차가운 닭고기가 들어 있어." 물쥐가 간단명료하게 대답했습니다. "그리고 차가운혀요리랑차가운햄이랑차가운쇠고기랑피클이랑샐러드랑프랑스빵이랑샌드위치랑고기통조림에진저비어랑레모네이드랑탄산수……."
"악, 잠깐만 기다려 줘!" 두더지는 황급히 소리를 질렀습니다. "듣기만 해도 가슴이 벅차올라!"

　원문을 보면 먹을거리 사이에 쉼표도 없이 글자가 쭉 이어져 있습니다. 따발총처럼 숨도 안 쉬고 읊어 대는 물쥐의 흥분이 전해지는 것 같지요? 피크닉에 어울릴 만한 음식이 줄줄 이어지는데, 뒤쪽의 음료에도 잠깐 눈길을 줍시다. 진저비어ginger beer는 1800년 무렵부터 영국에서 만들기 시작한 음료입니다. 진저에일ginger ale의 기원이라고도 하고요. 가정에선 생강, 설탕, 물, 레몬즙에다가 진저비어 플랜트ginger beer plant라는 효모를 첨가해 발효해서 만듭니다.　이름에 '비어'(맥주)가 들

해러즈에서 산 피크닉 바구니(왼쪽)와 바구니에 담아 가 피크닉에서 마시면 딱 좋은 진저비어(오른쪽)

어가지만 알코올 성분은 제로에 가깝습니다. 마셔 보면 맵싸하게 톡 쏘는 생강의 풍미가 특징으로, 여름 햇볕 아래서 즐기기에 제격인 청량음료입니다.

　E. H. 셰퍼드가 그린 삽화에서는 물쥐가 두더지에게 먹을 것을 잔뜩 채워 건네는 네모진 바구니가 인상적입니다. 피크닉을 좋아하는 영국인 가정에 꼭 하나쯤은 구비돼 있는 것이 바로 피크닉 바구니가 아닐까 합니다. 저도 런던의 해러즈 백화점에서 여름 세일 때 장만한 바구니가 하나 있습니다. 같은 피크닉 바구니라고 해도 모양과 크기가 제각각 다양한데, 제가 고른 건 뚜껑이 달려 있고 세로로 길쭉한 네모꼴입니다. 그림 속 물쥐가 안고 있는 바구니와 닮았나요?

＊ 원래 진저비어는 발효 과정에서 자연스럽게 탄산이 발생하는데, 최근 시판되는 진저에일은 탄산수에 생강 향을 첨가해 만든다.

저 바구니 안에 맛있는 것이 잔뜩 담겨 있다.

『곰돌이 푸』의 삽화가로도 유명한 셰퍼드는 『버드나무에 부는 바람』이 맨 처음 출판된 1908년으로부터 20여 년이 지난 1931년에 이 책의 삽화를 그렸습니다. 초판본이 삽화 없이 출간된 이래 영국 삽화가 아서 래컴Arthur Rackham, 미국 삽화가 타샤 튜더Tasha Tudor 등이 그림을 그렸는데, 셰퍼드가 그린 『버드나무에 부는 바람』이 아직까지 가장 친숙합니다. 셰퍼드의 삽화가 담긴 책이 세상에 나왔을 때 아쉽게도 케네스 그레이엄은 이미 세상을 떠난 뒤였습니다. 일본어판 번역자 이시이 모모코는 이런 일화를 들려줍니다. "셰퍼드가 삽화를 그리기 위해 방문했을 때 그레이엄은 이미 그와 함께 강가를 걸을 수 없을 만큼 노쇠했습니다. 하지만 강변의 어느 곳을 걸으면 좋을지를 알려 주면서 '아무쪼록 이 동물들을 친절하게 그려 주십시오. 나는 그들을 사랑합니다'라고 말했답니다."

2월에 물이 불어나면, 별로 달갑지 않은 이야기지만…… 갈색 물이 자꾸자꾸 흘러든단 말이지. 그러다 물이 빠지면서 여기저기 진흙 덩어리가 불쑥불쑥 얼굴을 내미는데, 그 진흙에서는 플럼 케이크 냄새가 난다우.

묵직하게 잘 구운 플럼 케이크. 영국의 플럼 케이크는 밀가루보다 말린 과일을 더 많이 넣는 게 특징이다.

영국은 크리스마스 전후 무렵부터 추위에 더해 비도 많이 내립니다. 11월에 레이크디스트릭트Lake District를 방문한 적이 있습니다. 매일같이 오는 비에도 아랑곳없이 풀을 뜯는 양들을 보면서 저러다 물에 쓸려 가 버리는 게 아닌지 걱정될 정도로 여기저기가 물에 흠뻑 잠겨 있었습니다. 런던에 돌아와서야, 레이크디스트릭트에 홍수가 덮쳤다는 사실을 알게 되었지요. 범람한 강에서 토사가 밀려들어 봄까지 그래스미어Grasmere와 케직Keswick 사이 도로가 통제될 만큼 피해가 컸다더군요. 강변에 있는 물쥐네 집도 이런 겨울 폭우로 강물이 불어난 탓에 지하실이 진흙투성이가 되어 버린 게 아닌지 상상해 봅니다.

한편, 플럼 케이크plum cake란 1700년 무렵부터 영국에서 만들어 온 과일 케이크의 오래된 별명인데, 이름처럼 자두(플럼)가 들어가지는 않습니다. 주재료인 일반 건포도와 설타나sultana(씨 없는 청포도를 말린 것), 커런트currant(알이 자잘한 건포도) 등의 말린 포도를 뭉뚱그려 '플럼'이라고 부르는 데서 유래한 이름입니다.

빅토리아 시대에 간행되어 유명해진 이저벨라 메리 비튼Isabella Mary Beeton의 『가정 독본』(1861)에도 앞에 나온 플럼 푸딩과 함께 '기본 플럼

2,000개 이상의 조리법을 담은 『가정 독본』은 '비튼 부인의 요리책'이라는 별명으로도 불린다.

케이크'와 '맛있는 플럼 케이크' 조리법이 소개되어 있습니다.

플럼 케이크의 원조라고 할 만한 것이 중세 후기부터 스코틀랜드에서 만들어 먹던 블랙 번black bun입니다. 당시 비싸고 귀했던 말린 과일이 잔뜩 들어간 케이크를 파이 껍질로 감싸 만든 것으로, 신년 축하 행사 같은 특별한 때에나 먹는 호화스러운 먹을거리죠. 과일 케이크는 지금도 결혼식이나 크리스마스, 부활절 같은 영국의 여러 행사에서 빠질 수 없는 음식입니다. 이른 봄날의 진흙 냄새와 과일 케이크의 향긋하고 진한 내음을 엮다니 그야말로 영국적인 표현력 아닌가요?

물쥐의 바구니 속에는 들어 있지 않았지만, 그레이엄은 분명 사랑하는 가족과 함께 플럼 케이크를 먹으며 강변에서 즐거운 한때를 보냈을 겁니다. 온 가족이 뿔뿔이 흩어지는 슬픔을 겪었던 그레이엄에게 가족끼리 보내는 별스러울 것 없는 일상은 얼마나 소중했을까요? 피크닉을 떠난 두더지와 물쥐는 바구니에 담긴 맛있는 것들을 먹으며 의기투합하고 마음 깊이 우정을 나누는데, 거기에는 그레이엄이 이루 다 보내지 못한 어머니와의 꿈 같은 시간이 반영되어 있는 것만 같습니다.

그러다 눈 속에서 길을 잃고 추위와 배고픔에 지쳐 버린 두더지와 물쥐. 두 친구는 나무 밑에 터널처럼 만들어 놓은 오소리의 집에 다다

블랙 번은 원래 1월 6일 공현절에 먹는 관습이 있었지만, 스코틀랜드 국교회가 성탄절 기념을 금지하면서 스코틀랜드에서는 신년에 먹게 되었다.

두 동물을 따뜻이 맞아들인 오소리네

릅니다. 활활 타는 난롯불, 깨끗이 닦은 그릇들이 가지런히 놓인 찬장, 머리 위에 대롱대롱 매달아 놓은 햄과 말린 허브와 양파 다발. 감싸 안는 것처럼 온기가 감도는 실내, 마음이 담긴 저녁 식탁. 오소리의 마음씨 같은 평온함이 두 동물을 더없이 행복하게 꼭 안아 줍니다.

5장 '그리운 우리 집'은 진정한 의미에서 '우리 집'이란 무엇인가에 대해 생각하게 만듭니다. 봄의 기쁨에 들떠 땅 밑에 있는 자기 집에서 뛰쳐나온 두더지는 어느 집 창문에서 새어 나오는 빛을 보고 다시금 집을 떠올리지요. 커튼 뒤로 또렷이 비치는 자그마한 새의 모습, 그 작은 새가 두더지의 마음을 뒤흔들었던 것입니다. 대자연이 지켜 주는, 사랑스러운 자기만의 세계.

마침내 집에 돌아온 두더지. 하지만 그곳엔 오소리네서 느껴지던 따스함도, 맛있는 음식도 없었습니다. 시무룩해진 두더지를 위해 물쥐는 간신히 찾아낸 "정어리 통조림 한 개, 건빵 거의 한 상자, 은박지로 싼 독일 소시지"라는 소박한 식재료를 활용해 훌륭한 저녁을 차려 냅니다. 지혜와 궁리와 즐거운 마음이 있으면, 호화롭지는 않아도 따뜻한 우리 집을 만들 수 있다고 가르쳐 주는 듯합니다.

피크닉 이야기로 돌아가 볼까요? 영국의 피크닉은 가족과 편히 가는 소풍에서부터, 행사와 연계해 격식을 차리는 피크닉까지 폭넓습니다. 격식 있는 피크닉 하면 제일 먼저 떠오르는 게 로열 애스코트Royal Ascot 경마장 피크닉입니다.

취재차 피크닉 옷차림과 준비물을 제대로 갖춰서 런던 시내에서부터 운전수가 딸린 리무진을 타고 가 본 적이 있습니다. 경마장 주차장엔 차들이 즐비하고, 여성은 모자를 쓰고 장갑을 낀 슈트 차림, 남성 또한 회색 턱시도에 모자를 쓴 정장 차림으로, 저마다 텐트를 치고 샴페인을 따면서 피크닉을 즐기고 있었습니다. 잔디가 깔린 주차장에 차를

로열 애스코트 경마장에서 즐기는 피크닉(왼쪽)
윔블던 테니스 대회장의 명물이기도 한 영국의 '여름 맛' 스트로베리 앤드 크림(오른쪽)

세운 뒤, 운전수는 날렵하게 웨이터로 변신해 리무진에 착착 실어 두었던 테이블과 의자를 늘어놓고 식탁보까지 펼칩니다. 금세 샴페인 잔이 놓이고, 훈제 연어를 전채 삼아 정식 피크닉 런치가 시작됩니다. 메인 요리는 샐러드를 곁들인 차가운 로스트비프, 디저트는 스트로베리 앤드 크림. 영국 딸기는 노지에서 재배해 초여름부터 여름까지 시장에 나오는데, 알이 작고 맛이 새콤한 게 특징입니다. 신선한 딸기에다 지방분 적고 산뜻한 크림을 뿌리는 것만으로 이 계절에 빠뜨릴 수 없는 디저트가 완성됩니다. 경마가 시작되는 오후 2시 한참 전부터 느긋이 피크닉을 즐기는 풍경을 신기한 마음으로 지켜보았습니다. 비할 데 없는 계절을 온몸으로 만끽하는구나 싶어서요.

결혼해서 런던에 살 땐 더 일상적으로 피크닉을 즐겼습니다. 런던 북쪽의 켄우드 하우스Kenwood House 에서 열리는 야외 오페라를 보러 간 적이 있는데, 호수 한가운데 돔형 무대가 있고 호수를 둘러싼 광대한 잔디밭을 피크닉 공간으로 조성해 놓았습니다. 그곳에서 관객들은 바구니를 펼쳐 놓고 와인을 마시거나 로스트치킨을 먹으며 무대에서 연주하는

＊ 17세기 초에 지어진 조지언 양식의 저택으로 현재는 미술관으로 쓰인다. 1951~2006년에는 건물 뒤쪽의 호수 정원에서 해마다 여름 음악회를 열었다.

켄우드 하우스 야외 공연장에서의 피크닉

음악을 즐깁니다. 해가 길어 밤 10시가 넘도록 환한 영국의 여름이었습니다.

'피크닉'은 원래 프랑스어 피크니크piquenique에서 온 말입니다. 아침 점심 저녁으로 정해진 세끼 식사 형식에서 벗어나 집 밖으로 나와서, 일로부터 떨어져 원하는 시간에 원하는 대로 자유롭게 하는 노천 식사, 순수하게 먹는 걸 즐기는 식사를 의미했습니다. 우리가 아는 야외 식사 형태의 피크닉은 16~17세기 유럽에서 생겨난 것 같습니다.

딸의 첫돌에는 산전 교실에서 알게 된 영국인 친구 열 명과 그 가족을 이끌고 리치먼드 공원으로 함께 생일맞이 소풍을 갔습니다. 집이 아니라 푸른 하늘 아래에서, 직접 만든 케이크로 축하하는 생일잔치. 무척 감동적이고 영국다운 경험이었습니다. 상쾌한 여름 바람과 아득히 먼 곳까지 펼쳐진 초록빛, 일상 속에 피크닉이 자연스럽게 자리한 영국의 삶. 이것이야말로 진정한 사치 아닐까 하는 생각이 들었지요.

『버드나무에 부는 바람』의 무대는 템스강 언저리로, 주인공 동물들이 사는 강변의 지도가 책 앞머리에 펜화로 생생하게 그려져 있습니다. 지도를 보고 있자면 예전에 클리브던Cliveden의 언덕에서 바라본 광경이 겹쳐집니다. 클리브던은 런던에서 북서쪽으로 약 40킬로미터 떨어진 버킹엄셔주의 태플로Taplow 교외에 있습니다. 언덕에 서면 템스강이 한가롭게 흐르는 모습이 바라보이는데, 이야기 속 장면들을 방불케 합니다. 현재 클리브던 언덕 위의 저택과 부지는 자연환경과 문화유산 보전 활동을 펼치는 민간단체 내셔널 트러스트The National Trust 소유입니다.

그레이엄이 살던 집 근처에 있는 내셔널 트러스트 소유의 클리브던 저택(위)
클리브던의 넓은 부지에는 블루벨이 자라는 숲(아래)이 있다.

블루벨꽃이 핀다는 저택의 정원을 둘러보러 갔더니, 아이가 있는 가족들이 강변에서 피크닉을 즐기는 모습이 눈에 들어왔습니다. 이쪽 지역의 템스강은 강폭도 좁고 흐름도 느긋한 것이 한가로움 그 자체입니다. 보트를 띄워 강을 유람하는 연인도 있고요. 정말이지 『버드나무에 부는 바람』의 세계가 고스란히 펼쳐져 있었습니다. 강둑도 울타리도 없이, 곧바로 발을 담글 수 있을 만큼 들판 가까이 지나는 작은 개울 같은 이 강은 자연 그대로의 모습으로 유유히 흐릅니다. 어린이가 빠지면 위험하다거나 하는 이유로 울타리 같은 걸 쳐 놓을 법도 한데, 어디까지나 각자의 책임에 맡기는 것 같았습니다. 그 덕에 사람들의 삶이 강과 아주 가깝다는 느낌을 강렬하게 받았습니다.

영국인들이 템스강을 얼마나 사랑하는지는 곳곳에서 확인할 수 있습니다. 템스강은 코츠월즈 지역의 켐블Kemble이라는 마을에서 발원해 옥스퍼드, 말로Marlow, 윈저 같은 동네를 지나 런던을 거쳐 마지막에는 북해로 흘러듭니다. 전체 길이가 346킬로미터에 이르는 이 큰 강은 물길이 닿는 곳마다 다양한 얼굴로 사람들의 삶에 다정하게 다가가

클리브던에서 바라본 템스강(왼쪽)
윌리엄 모리스가 1871년부터 3년 동안 지낸 켈름스코트 매너(오른쪽)

한가롭게 흐르는 발원지 부근의 템스강

듯 흐르고 있습니다. 강의 발원지는 윌리엄 모리스William Morris가 지상의 낙원이라 찬탄하며 한동안 살기도 했던 켈름스코트 매너Kelmscott Manor에서도 그리 멀지 않습니다. 실제로 가 보면 템스강은 한가로운 초록빛 전원을 흐르는 정말 작은 개울에서 시작됩니다. 템스강을 각별히 사랑한 엘리자베스 1세는 1592년 "내가 사랑하는 템스강을 이루는 최초의 한 방울을 보고 싶다"면서 발원지까지 여행했다고 전합니다.

　케네스 그레이엄은 다니던 은행을 49세에 퇴직한 뒤, 유소년기를 보낸 쿠컴딘으로 가족과 함께 이주해 1908년 『버드나무에 부는 바람』을 지었습니다. 고독한 어린 시절을 보냈던 그곳에 이제는 아내와, 또 아들과 함께 따뜻한 가정을 꾸려 돌아올 수 있었던 겁니다. 오소리의 집에 다다른 두더지와 쥐가 그랬듯 마음이 평온하고 충만했을 것입니다. 그러나 그 행복도 계속되지는 못했다는 걸 생각하면 가슴이 아픕니다.

그러나 이후로도 그는 강에서 멀어지지 않았습니다. 1932년에 생을 마칠 때에도 템스강이 보이는 팽본Pangbourne 집에 머물렀습니다. 작가이기도 한 사촌형제가 그레이엄의 묘비에 이런 글을 새겼습니다. "그레이엄은 강을 건너 이 세상을 떠났다. 어린 시절의 추억과 문학을 길이 신성하게 남기고."

어째서 작품을 더 쓰지 않았느냐는 질문에 그레이엄은 이렇게 대답했다고 합니다. "날씨가 좋은 날엔 바깥이 너무 아름다워서 책상에 앉아 있을 수 없습니다." 봄 햇살에 이끌려 밖으로 나올 수밖에 없었던 두더지의 마음 그대로이지요. 🍎

※　영국의 화가이자 공예가로, 현대 디자인의 아버지라고 불린다.
※※　아들 앨러스테어가 스무 살 생일을 앞두고 기차 사고로 사망한 뒤, 그레이엄은 집필을 그만두었다.

이른 봄날의 진흙 내음을 품은 특별한 간식

플럼 케이크

재료 10×15×7.5cm 파운드케이크 틀 2개분

무염 버터* 150g, 황설탕 150g, 달걀(중란이나 대란) 3개, 민스미트** 450g, 브랜디 또는 럼주 2큰술, 호두 50g(전자레인지로 구워 큼직하게 부숴 둔다. 500W 기준 1~2분), 말린 자두 50g, 아몬드가루 120g, 박력분 225g, 베이킹파우더(알루미늄 성분이 없는 게 좋다) 2작은술, 소금 한 자밤, 계핏가루 2작은술, 육두구(너트메그) 약간

1   틀에다 베이킹 시트를 깐다. 오븐은 160도로 예열한다.
2   민스미트와 부순 호두, 반으로 자른 자두, 럼주 등을 볼에 넣고 잘 섞은 뒤 박력분 3큰술 정도를 뿌려 둔다.
3   실온에서 녹인 버터와 황설탕을 볼에 넣고 거품기나 핸드 믹서로 젓는다. 이때 잘 푼 달걀을 조금씩 붓는다.
4   아몬드가루, 박력분, 베이킹파우더, 소금, 계핏가루, 육두구 등을 섞어 체에 내린 것과 2, 3을 모두 합쳐 섞는다.
5   예열한 오븐에 40분 정도 굽는다.

* 원래는 양이나 소의 기름을 쓰지만, 구하기 쉬운 버터로 대체할 수 있다.
** 민스미트(mincemeat) 만들기(약 850g)
무염 버터 50g, 황설탕 100g, 오렌지주스 125ml, 정향가루 1/2작은술, 계핏가루 1/2작은술, 생강가루 1/2작은술을 냄비에 넣고 약불에 올려 설탕을 녹인다. 여기에 대강 썬 사과 200g(껍질과 심 제거), 건포도 50g, 설타나 100g, 커런트 100g, 말린 크랜베리 50g, 오렌지 껍질과 레몬 껍질 섞은 것 100g을 넣고 약불에서 약 10분간 조린다. 불에서 내려 브랜디나 럼주 75ml를 넣고 식힌다. 이렇게 만든 민스미트는 냉장고에서 3개월 정도 보존 가능하다.

비밀의 화원

잠긴 문을 열고 나를 만나러 가는 길

디콘과 함께 정원을 돌보며
비밀의 화원을 되살리는 과정에서
메리 또한 외로움을 치유해
본래의 아이다운 밝은 마음씨가
싹을 틔웁니다.
구근을 심으면서 메리는 생각합니다.
'더 이상 나는 비딱이가 아니야.'
디콘과 마사라는 친구가 생긴 덕분에
자신을 객관적으로 볼 수 있게 된 거죠.

『비밀의 화원』

THE SECRET GARDEN, 1911

프랜시스 호지슨 버넷(Frances Hodgson Burnett) 지음 | 셜리 휴스(Shirley Hughes) 그림(1989년판)

부모님을 잃은 메리는 영국 벽촌의 저택에 맡겨집니다. 그곳에는 10년 동안 아무도 들어간 적 없는 '비밀의 화원'이 있었습니다. 자연과 교감하며 몸과 마음의 평온을 되찾아 가는 아이들의 이야기.

* 일본어판 야마노우치 레이코(山內玲子) 번역(이와나미소년문고, 2005)

"저건…… 저건 바다 아닌가요?" 메리가 메들록 부인을 보며 말했습니다. "아뇨, 바다가 아닙니다." 메들록 부인은 대답했습니다. "들판도 아니고 산도 아니에요. 가도 가도 몇 마일이나 이어지는 황야, 히스꽃이나 금작화나 가시금작화 말고는 아무것도 나지 않는, 야생마와 양 말고는 아무도 살지 않는 곳이에요."

나고 자란 인도에서 콜레라로 부모님을 잃은 메리는 고모부 댁인 영국 요크셔 지방의 미셀스웨이트 저택으로 가게 됩니다. 위에 인용한 것은 메리가 자신을 마중 나온 가정부 메들록 부인과 함께 저택으로 가는 마차 안에서 나눈 대화입니다.

요크셔 지방은 잉글랜드 북동부에 위치하며 그 중심지는 대성당으로 유명한 시가지 요크입니다. 요크를 기준으로 요크셔 북서부와 북동부가 나뉘는데, 북서부에는 '요크셔데일스'Yorkshire Dales 국립공원이, 북동부에는 '노스요크무어스'North York Moors 국립공원이 펼쳐져 있습니다. 메리가 미셀스웨이트 저택에 가기 위해 스웨이트 기차역에 내려 마차를 타고 약 8킬로미터나 가로질렀다는 '미셀 무어'Missel Moor는 이 '노스요크무어스'가 아닐까 싶습니다.

『비밀의 화원』을 지은 프랜시스 호지슨 버넷은 1849년 영국 맨체스터에서 태어났습니다. "자신에게 친숙했던 요크셔 지방의 이곳저곳을 이야기 속에 그려 낸 게 아닐까요?" 요크 교외의 대저택 캐슬 하워드 Castle Howard를 방문했을 때 영국인 가이드가 그런 이야기를 해 주었습니다. "버넷이 이야기의 배경으로 삼은 곳이 명확히 언급되지는 않았지만, 요크셔 지방에 사는 사람이라면 짐작해 볼 수 있죠."

캐슬 하워드는 개인 주택이지만 1,000에이커의 광대한 부지 안에 궁전을 방불케 하는 희귀한 돔까지 있는 호화로운 저택입니다. 그 주위에는 분수가 있는 연못, 온실, 해자로 둘러싸인 정원, 키친 가든kitchen garden＊ 등이 있어서, 방이 백 개가 넘는다는 '미셀스웨이트 저택'의 모델로 여겨지기도 합니다. 인도에서 시작된 장기간의 여정 끝에 다다른 우리 집이 여기라면 어떤 기분일까, 압도될 만큼 아름다운 건물 앞에서 자그마한 체구의 메리가 느꼈을 기분을 상상해 보았습니다.

지금이야 맨체스터에서 요크까지 자동차로 한 시간 반이면 가지만, 버넷이 살던 시대에는 마차나 기차로 다녀야 했죠. 열여섯 살에 온 가족이 미국으로 이주하기 전까지 버넷은 공업도시 맨체스터에서 어린 시절을 보냈는데, 때때로 요크셔의 무어moor(황야)를 찾은 듯합니다.

메리가 "저건 바다 아닌가요?"라고 물어보게 한 황야란 도대체 어떤 곳인지, 어떻게든 가 보고 싶다는 충동을 결국 실행에 옮긴 적이 있습니다. 그곳에서 저는 책을 읽는 것만으로는 전혀 상상하지 못했던 정경을 맞닥뜨리게 되었습니다.

요크에서 버스를 타고 도착한 곳은 양들이 큰 도로 위를 느긋이 걸어 다니는 허튼르홀Hutton-le-Hole이라는 작은 마을이었습니다. 거기서부터 황야가 펼쳐져 있습니다. 그 '노스요크무어스'의 한끝에 서서 저는 그만 망연해지고 말았습니다. 눈앞에는 사방 어디를 둘러보아도 지평선까지 끝없이 이어지는 무어, 그러니까

＊ 채소와 허브, 식용 꽃이나 과일 등의 먹을거리를 기르는 정원.

미셀스웨이트 저택의 모델로 추정되는 캐슬 하워드(위)
캐슬 하워드 안의 여러 정원 가운데 특히 라벤더가 아름답게 핀 곳(아래)

황야의 입구라고도 할 수 있는 사랑스러운 마을 허튼르홀(위)
메리가 '바다'라고 생각한 요크서 지방의 황야(아래)

황야가 온통 보랏빛 히스꽃 주단을 깔아 놓은 것처럼 펼쳐져 있었습니다. 바람에 나부끼는 히스가 메리 말대로 마치 파도치는 바다처럼 보이기도 합니다. 마차로 캄캄한 어둠 속을 달리던 메리에겐 휘휘 불어오는 바람 소리까지 바닷소리로 느껴졌을 테죠. 망망대해를 홀로 떠다니는 작은 조각배처럼, 갑작스레 새로운 세계에서 살아가야 하는 메리의 고독한 마음 때문이었을지도 모릅니다. 자신을 맡아 주기로 한 고모부는 실은 한 번도 만난 적 없는 사이인 데다, 부모님의 고국이라지만 생전 처음 보는 땅에서 홀로 헤쳐 나가야 할 생활을 앞두었으니 분명 소심해져 있었겠죠.

'무어'라는 건 히스와 기다란 잔디, 고사리풀 등이 자라는 황무지를 가리킵니다. 그런데 '히스'heath라는 단어도 식물 이름이면서 동시에 '잡풀과 야생화가 무성한 황무지'라는 뜻을 가지고 있습니다.

히스는 진달랫과 에리카속 또는 칼루나속 상록 관목으로 에리카속은 낚싯바늘 모양의 꽃을, 칼루나속은 쌀알 같은 꽃을 피우는 것이 특징입니다. 식물 히스는 헤더heather라고도 부릅니다. 잉글랜드에서는 히스, 잉글랜드 북부와 스코틀랜드는 헤더라고 부르는 일이 많다고 합니다.

황무지에 핀 에리카속 히스(왼쪽)와 칼루나속 히스(오른쪽)

잉글랜드 북부나 스코틀랜드에서는 주변에 흔히 나는 히스(헤더)를 생필품에 다양하게 활용했습니다. 침대 매트리스 속을 폭신하게 채우기도 하고, 줄기를 묶어서 화덕이나 바닥을 청소하는 빗자루도 만들었습니다. 지붕을 이는 재료로 썼는가 하면 그 섬유로 튼튼한 밧줄을 만들기도 했고, 직물을 물들이는 염료로도 활용했습니다. 또 양에게는 맛있는 식량이었고, 히스꽃에서 채취한 꿀은 유럽에서도 최상품으로 쳐주었으며, 히스의 어린 싹은 에일 맥주의 풍미를 내는 데도 쓰였습니다. 어떤 것도 변변히 자라나지 않는 황무지에 피어난 히스는 자연에나 인간의 생활에나 풍요로움을 선사하는 꼭 필요한 존재였죠. 하녀 마사가 "우린 어쩐지 황야에서 떨어져선 살고 싶지가 않어유!"라고 말하는 것이 이해됩니다.

스코틀랜드를 여행할 적에 주민들로부터 히스가 행복의 부적이라는 말을 듣고는 손으로 다 쥘 수 없을 만큼 한가득 꽃을 따던 추억이 있습니다. 히스로 속을 채운 매트리스를 챙겨 바다를 건너던 스코틀랜드인들 또한 히스를 보며 그런 생각을 떠올리지 않았을까 싶습니다. 그 덕에 히스는 아메리카 대륙에서도 자라게 되었다는군요.

히스가 퇴적되어 만들어지는 토탄을 피트peat라고 하는데 이 지방의 부엌에서 불을 피우는 연료로 쓰였습니다. 히스는 영국 식문화에서도 정말이지 없어서는 안 될 존재였던 겁니다. 19세기까지 가장 많이 쓰인 연료는 나무였지만, 히스가 자라는 아일랜드, 스코틀랜드, 요크셔 지방에서는 요리용 화덕에 불을 지필 연료로 피트가 널리 쓰였습니다. 철과 석탄의 시대인 19세기에 이르러서도 이들 지역에선 계속 피트를 땠고 석탄을 이용하게 된 건 꽤 나중 일이었습니다.

미셀스웨이트 저택에서 메리가 맞은 첫 아침밥은 포리지porridge였습니다. 포리지는 귀리에 물과 소금을 넣고 부드럽게 끓인 죽인데 우유나 생크림, 설탕을 뿌려 먹곤 합니다. 18세기 문학가인 새뮤얼 존슨 Samuel Johnson 박사가 "잉글랜드에서는 말이 먹고 스코틀랜드에서는 사람이 먹는다"고 비꼰 바 있는 귀리(오트), 그 귀리를 거칠게 빻은 것(또는 그걸 끓인 것)을 오트밀oatmeal이라고 합니다. 귀리는 스코틀랜드뿐만 아니라 아일랜드, 웨일스, 잉글랜드 북부에서도 주요한 곡물이었습니다.

제가 영국에서 가깝게 지낸 쿡 부부도 아일랜드 출신으로 포리지를 아주 좋아했습니다. 남편 아서 쿡 씨는 날이 추워지면 작은 냄비에다 아침으로 먹을 포리지를 만들었습니다. 뜨거운 포리지에 우유와 황설탕을 뿌린 뒤 후후 불며 맛있게 먹던 얼굴이 지금도 눈에 선합니다.

그런데 인도에서 자란 메리는 포리지에 전혀 흥미가 없었습니다. 아침 식사를 준비한 하녀 마사는 그런 메리의 모습에 놀랍니다. 마사는 그 지방의 가난하고 형제 많은 농가에서 태어나 매 끼니를 걱정하며 자랐습니다. 그러니 이렇게 고급스러운 아침밥을 두고 "먹기 싫어, 남길래." 하는 메리를 도무지 이해할 수 없었지요. 마사네 같은 농가에서는

오트밀을 끓여 뜨거울 때
우유와 설탕을 뿌려 먹는 포리지

포리지에다 고작 소금이나 당밀을 쳐서 먹는 게 다였거든요.

그러다 메리에게 변화가 찾아옵니다. "고기 두 조각에다 라이스 푸딩을 두 그릇이나!" 어느 날부턴가 메리의 식욕에 변화가 일자, 마사는 크게 기뻐합니다. 라이스 푸딩은 포리지의 귀리를 쌀로 바꾸어 디저트풍으로 만든 음식입니다. 아시아에서 주로 먹는 쌀을 영국에서는 쇼트 그레인 라이스short grain rice(낟알이 짧은 쌀) 또는 스티키 라이스sticky rice(끈끈한 쌀)라고 부르며 후식에만 이용합니다. 이 쌀을 우유나 크림과 섞어 오븐에 구운 것이 라이스 푸딩입니다.

마사가 선물한 줄넘기 줄을 들고 밖으로 나간 메리는 명랑하게 지저귀는 울새를 만나 10년간이나 잠겨 있던 비밀의 화원으로 첫발을 디밀게 됩니다. 그 황폐해진 곳에서 어찌어찌 잡초를 뽑고 구근을 파내기도 하는 등 정원 일에 몰두하지요. 또 마사의 집에도 초대받아 식물을 좋아하는 마사의 동생 디콘에게 정원용 꽃삽과 꽃씨를 부탁하는 편지를 쓰기도 합니다. 메리로선 전에 없던, 마치 "재미있는 일이 하루에 모조리 다 일어난 것 같은" 날이었습니다. 메리의 관심이 처음으로 바깥을 향해 활짝 열린 기념비적 하루, 메리가 느낀 그 기쁨과 흥분이 한 그릇 더 달래서 먹은 라이스 푸딩으로 고스란히 표현된 듯해 기분이 좋아지

생쌀에 우유나 생크림을 섞고 버터를 흩뿌린 뒤 오븐에 구워 낸 라이스 푸딩. 특히 살짝 타서 눋은 부분이 서로 먹으려 쟁탈전을 벌일 만큼 맛있다.

는 장면입니다.

익힌 달걀과 구운 감자와 막 짜낸 거품이 이는 진한 우유와 오트케이크와
작은 빵과 히스 꿀과 클로티드 크림 등으로 배가 빵빵해졌어요.

메리와 고종사촌 콜린은 마사와 디콘의 어머니인 소어비 부인이 만
든 맛있는 음식을 먹고서 점차 아이다움을 되찾고 몸도 마음도 건강해
져 갑니다.

콜린은 병약한 데다 부모의 사랑에 굶주려 비뚤어진 채로 미셀스웨
이트 저택의 한쪽 방에서 폐쇄적인 나날을 보내던 소년입니다. 어찌 보
면 메리의 분신 같은 존재이기도 하지요. 메리의 고모부이자 콜린의 아
버지인 크레이븐 씨는 아내가 정원 나무에 걸터앉아 있다가 나뭇가지가
부러지면서 낙상해 세상을 떠나자, 아내가 좋아한 정원 문을 걸어 잠그
고 자기 집을 멀리하며 방랑 같은 여행을 계속하고 있었습니다. 아내와
똑 닮은 눈을 가진 아들, 자기처럼 척추 장애를 앓게 될지도 모르는 아
들 콜린을 아버지로서 마주할 마음의 여유를 잃어버린 상태였지요. 콜
린은 어머니를 잃고 아버지로부터도 관심과 사랑을 받지 못한 채 외롭

콜린의 어머니가 생전에 좋아한 장미. 비밀의 화원에
틀림없이 아름답게 피어 있었을 것이다.

메리, 콜린, 디콘이 야외에서 식사를 즐기는 모습

게 살고 있었습니다. 그러니 요리사가 아무리 호화로운 식사를 차려 준들 콜린이 맛있게 먹지 못한 건 당연할지도 모릅니다.

소어비 부인은 따뜻한 마음씨를 가진 사람이었습니다. 외로웠던 메리와 콜린은 소어비 부인이 만들어 주는 음식에서 대가 없는 따뜻한 사랑을 느꼈지요. 손수 만든 음식에는 그 어떤 말이나 다른 것과는 바꿀 수 없는 힘이 있습니다.

한편 오트케이크oatcake는 지역에 따라 여러 가지 형태가 있습니다. 요크셔 지방의 오트케이크는 거칠게 빻은 귀리를 물에 개어 반죽해 그리들griddle이라는 손잡이 달린 철판 위에서 구운 단순하고 소박한 음식으로, 오트브레드oat bread라고도 합니다. 코티지cottage라 불리는 영국

식 시골집에 사는 디콘네는 토탄, 즉 피트가 타고 있는 화덕에 그리들을 올려 케이크를 구웠겠지요. 구운 오트케이크는 펼친 채로 식힌 뒤에 오트밀을 저장하는 나무통에 담아 묻듯이 보관합니다. 그렇게 해 두면 언제든 다시 데워 먹을 수 있거든요. 빨래 널듯 널어 말리기도 합니다.

갓 구워 따끈따끈한 오트케이크에 버터를 바르고 황설탕을 뿌려 먹는 것이 당시로서는 상당한 호사였지요. 지금도 영국에서 파는 오트케이크는 팬케이크처럼 촉촉하게 만든 것과 보존 가능하도록 크래커처럼 파삭하게 건조한 것, 두 종류가 있습니다.

『비밀의 화원』에는 미셀스웨이트 저택의 요리사들이 만든 음식과 디콘네 같은 농민이 먹는 음식이 영국 계급사회를 드러내듯 대조적으로 등장합니다. 이 지방에서 처음 만들어진 요크셔푸딩Yorkshire pudding도 그런 음식의 전형이라 할 수 있습니다.

요크셔푸딩은 로스트비프를 먹을 때 감자처럼 곁들이로 등장하곤 합니다. 푸딩이라고 하면 달콤하고 말캉한 디저트를 상상하기 쉬운데, 사실은 슈크림 껍질 같은 음식입니다. 얇게 저민 로스트비프와 함께 그레이비소스에 찍어 먹지요.

지금은 로스트비프와 요크셔푸딩이 한 접시에 같이 담겨 나오는 게 보통이지만, 예전에는 그렇지 않았습니다. 사람들 간에 신분 차이가 컸던 18세기까지

1. 더비셔 지방 베이크웰(bakewell) 마을에서 파는 오트케이크
2. 크래커 형태의 스코틀랜드 오트케이크
3. 화덕에 올려놓고 피트를 때서 오트케이크 등을 굽는 데 쓰던 철제 그리들
   지금도 이렇게 핫케이크(드롭 스콘drop scone) 등을 구울 때 애용한다.

는 고기가 워낙 비싸서 귀족이나 부자들만 로스트비프를 먹을 수 있었습니다. 고기를 먹을 수 없는 가난한 사람들은 로스트비프를 구울 때 나오는 기름으로 요크셔푸딩을 구워 먹었지요.

고기를 굽는 동안 뚝뚝 떨어진 뜨거운 기름과 밀가루, 달걀, 우유로 묽게 반죽을 만들어 틀에 붓고 구우면 옅은 갈색을 띠며 슈크림처럼 부풀어 올라 구수한 내음을 풍깁니다. 그런 기원이 남아 있어선지 지금도 이 지방을 여행하다가 퍼브pub 같은 곳에 들러 보면 고기 없이 요크셔푸딩에 그레이비소스만 뿌린 간단한 요리를 팔곤 합니다. 알맞게 구워 팬 한가득 커다랗게 부푼 요크셔푸딩은 부피가 상당합니다.

요크셔푸딩은 1730년대부터 요크셔 지방에서 '드리핑 푸딩'dripping pudding이라는 이름으로 만들기 시작했습니다. 요크셔푸딩이라는 명칭은 1747년에 해너 글래스Hannah Glasse가 쓴 『요리의 기술』에 등장하는 것이 가장 이른 기록이라고 합니다. "최고의 푸딩으로, 그레이비소스와 함께 먹으면 맛있다"는 설명이 덧붙어 있습니다.

20세기에 이르러 드디어 노동자계급 사이에서도 이른바 '선데이 로

막 구워 먹음직스러운 빛깔이 도는 요크셔푸딩(왼쪽)과 전통적인 선데이 로스트 상차림(오른쪽)
선데이 로스트는 로스트비프에 요크셔푸딩과 그레이비소스, 채소를 곁들인 한 상이다.

스트'Sunday roast라고 해서 일요일 점심에 로스트비프를 먹는 것이 생활수준을 가늠케 하는 일종의 사회적 신분 상징status symbol이 되었습니다. 지금도 일요일이면 가정에서는 물론 호텔이나 퍼브에서도 선데이 로스트를 즐길 수 있습니다.

계급 간의 거리는 음식뿐만 아니라 정원 형태에서도 분명하게 드러납니다. 빅토리아 시대에 미셀스웨이트 같은 대저택에는 키친 가든이 딸려 있었습니다. 주인 가족 외에도 많은 사용인을 먹이기 위해 채소와 과일을 재배하는 정원이지요. 작게는 1에이커에서 크게는 20~30에이커나 되는 키친 가든이 커다랗게 저택과 어우러져 자리했습니다. 1에이커면 정원사 두세 명이 필요하며 열두 명을 먹여 살리기에 충분한 수확물이 나왔다고 합니다.

메리가 비밀의 화원으로 가기 위해서는 저택의 키친 가든을 가로질러야 했습니다.

"여긴 어떤 곳이죠?" 메리가 물었습니다.

"채마밭 중 하나요." 노인은 대답했습니다.

"저기는 뭐예요?" 메리는 또 다른 녹색 문 너머를 가리키며 물었습니다.

"거기도 채마밭이지, 뭐." 조금 쌀쌀맞은 대답이었습니다. "담장 너머에 채마밭이 하나 더 있고, 그 너머엔 과수밭이 있지요."

"들어가도 되나요?" 메리가 물었습니다.

"들어가고 싶으면 들어가야지. 볼만한 건 없을 거요."

메리는 그 말에 참지 못하고 작은 길로 해서 두 번째 녹색 문을 통과했습

데번 지방에 있는 사이더 하우스(Cider House)의 키친 가든

니다. 들어가 보니 거기도 다시 담장에 둘러싸인 채마밭이었고 거울 채소
들과 유리온실이 있었습니다.

　일반적으로 키친 가든은 저택에서 상당히 떨어져 있어야 했습니다.
또 담장을 둘러쳤기 때문에 월드walled 가든이라고도 불렀습니다. 이 담
은 저택에서 정원사가 일하는 안쪽이 보이지 않도록 가리는 동시에 채
소와 과일이 잘 자라도록 바람을 적당히 막아 주고 따뜻한 온도와 아
늑한 환경을 조성하는 실용적인 역할도 했습니다. 서양배와 자두, 무화
과 같은 과실나무들이 안쪽 담장을 따라 가지를 뻗으며 열매를 맺는 모

1. 과일을 재배하는 데 유용한 벽돌담. 가지를 유인하기 위해 로프를 팽팽하게 설치해 놓았다.
2. 미셀스웨이트 저택의 키친 가든을 연상시키는 오즈번 하우스의 키친 가든
3. 요크셔 지방 농가
4. 디콘네 키친 가든을 연상시키는 요크셔 지방 농가의 키친 가든

습은 아름답고 기분 좋은 광경이지요. 담 높이는 아무리 낮아도 3미터는 되었고, 규모가 큰 키친 가든에는 5~6미터 높이의 담을 세우기도 했습니다. 담의 재료로는 튼튼하고 습도 조절 및 보온에 유리한 벽돌을 선호했습니다.

키친 가든은 안쪽에 열십자로 좁은 길을 내어 밭을 넷으로 분할하는 것이 일반적이었습니다. 정원사들은 이 좁은 길로 다니며 작물을 가꾸었고, 때때로 저택 주인들도 이 길을 따라 정원을 산책했습니다.

키친 가든은 빅토리아 시대까지 유행해서 많이 생겨났지만, 세계 곳곳에서 값싼 과일과 채소가 수입되기 시작하며 차츰 시들해졌습니다. 유감스럽게도 이제는 폐허가 되고 만 키친 가든도 적지 않습니다. 그래도 빅토리아 여왕의 별장이었던 오즈번 하우스Osborne House나 그레이브타이 매너Gravetye Manor의 키친 가든에 가 보면 허브, 야채, 꽃 들이 지금도 싱싱하게 자라고 있어 당시 살림살이의 규모를 짐작케 합니다.

한편, 디콘네 같은 농가의 키친 가든은 간단하게 돌로 둘러쌓아 화단처럼 조성했으며 대개는 바로 수확해서 편하게 먹을 수 있도록 집 곁에다 만들었습니다.

황야의 변두리에 있는 디콘네 주변에는 울퉁불퉁 나지막한 돌담에 둘러싸인 텃밭이 있었습니다. 아침 일찍이나 저녁 어스름 나절에, 또 콜린과 메리와 만나지 않은 날이면 하루 종일, 디콘은 어머니를 위해 거기서 감자, 양배추, 순무, 당근, 허브 등을 심거나 가꾸면서 시간을 보냈습니다.

예전 요크셔 지방의 농민 가옥은 짚으로 만든 지붕과 흰 벽이 특징이었습니다. 방이 네 개뿐인 코티지에 열네 식구가 모여 사는 디콘네한테는 작으나마 키친 가든에서 나오는 수확물이 정말 소중한 식재료였습니다. 이 재료들이 오트밀이나 빵 같은 주식의 부족함을 채워 주었기 때문입니다.

『비밀의 화원』은 메리와 콜린이라는 개인이 삶을 회복하는 이야기이자 정원과 집이 소생하는 이야기이기도 합니다. 황폐해진 정원에서 제 모습을 발견하고는 화를 내며 호소하는 메리의 말이 가슴으로 다가옵니다.

아무도 그 정원을 필요로 하지 않아. 아무도 그곳을 원하지 않아. 아무도 그 안에 들어가려 하지 않아. (중략) 그 정원에 대해선 누구든 다 상관없다고 하잖아! 아무도 내게서 그 정원을 빼앗을 권리는 없어. 꼭꼭 잠긴 채 죽어 가고 있다고!

애정을 받지 못하고 외톨이로 남겨진 메리의 분노와 슬픔을 세상 누구도 들여다보지 않았습니다. 굳게 잠긴 정원은 메리와 똑같은 존재였습니다.

비딱이 메리 여왕님,
정원의 모습은 어떤가요?
은종과 조가비와
메리골드 나란히 한 줄로.[*]

[*] 표면적으로는 정원 가꾸기에 관한 동요이지만, 역사적 맥락을 따져 보면 가톨릭 박해의 슬픔을 노래한 것이다. 은종은 미사를 알리는 제종, 조가비는 순례자, 메리골드는 수녀를 상징한다고 한다.

코츠월즈의 유명한 정원인 히드코트 매너 가든(Hidcote Manor Garden). 20세기 초에 영국의 정원 디자이너 로런스 존스턴이 만든 비밀의 화원이라고 할 수 있다.

앞에 인용한 것은 책에 두 번이나 등장하는 영국의 전래 동요 '마더 구스'Mother Goose입니다. 메리가 인도에 살 적에 아이들이 이 노래를 부르며 메리를 놀리던 장면에서 한 번, 그리고 폐쇄된 정원을 되살리기 위해 메리가 디콘과 함께 구근을 심는 장면에서 한 번 더 나옵니다.

도리야마 준코鳥山淳子가 쓴 『더 알고 싶은 마더 구스』(2002)를 보면, 버넷이 바로 이 마더 구스 동요에서 힌트를 얻어 『비밀의 화원』을 썼다는 사실, 작품의 가제가 동요의 첫 구절인 '메리 여왕님'Mistress Mary이었고, 그래서 주인공의 이름이 메리여야만 했다는 사실 등을 알 수 있습니다.

디콘과 함께 정원을 돌보며 비밀의 화원을 되살리는 과정에서 메리 또한 외로움을 치유해 본래의 아이다운 밝은 마음씨가 싹을 틔웁니다. 구근을 심으면서 메리는 생각합니다. '더 이상 나는 비딱이가 아니야.' 디콘과 마사라는 친구가 생긴 덕분에 자신을 객관적으로 볼 수 있게 된 거죠.

『비밀의 화원』은 버넷이 62세이던 1911년, 그러니까 지금보다 100년도 더 전에 쓴 글입니다. 하지만 어떤 음식이 마음을 풍요롭게 채워 주는지, 아이들에게 진정 소중하게 와닿는 것이 무엇인지에 대해 지금도 시사하는 바가 있다고 생각합니다. 아이들이 필요로 하는 건 결코 사치스럽고 호화로운 무언가가 아니라 마음을 채워 주는 사랑 넘치는 음식, 그리고 따뜻하게 지켜봐 주며 뻗은 손을 맞잡아 주는 주위 어른들의 커다란 애정이라고 생각합니다. 메리와 콜린, 저택에 사는 두 아이를 건강하게 만든 건 요리사가 차린 진수성찬이 아니라 요크셔의 자연이 낳은 소어비 부인의 음식이었던 것처럼요. 🍒

소박하고 따뜻한 사치
더비셔 오트케이크

재료 지름 16cm 약 16장분

박력분 110g, 오트밀 110g, 뜨거운 물 250ml, 우유 250ml, 인스턴트 드라이이스트(활성 건조효모) 3g,
황설탕 25g, 소금 5g, 식용유 적당량

1   아침에 먹으려면 반죽을 미리 만들어 하룻밤 숙성시켜 두는 게 좋다. 오트밀은 기계를 이용해 아주 곱게
    간다. 체에 내린 박력분과 곱게 간 오트밀, 드라이이스트, 소금, 황설탕을 볼에 넣고 잘 섞는다.

2   뜨거운 물과 우유를 섞어 적당히 미지근하게 만든 뒤 1과 잘 섞는다. 그대로 실온에 한 시간쯤 두었다가
    랩을 씌워 냉장고에서 하룻밤 재운다.

3   아침에 냉장고에서 꺼내 30분 정도 실온에 두어 효모가 활성화되도록 잘 젓는다. 프라이팬을 데워 식용
    유를 얇게 두른 뒤 반죽을 2~3큰술쯤 붓고 프라이팬을 이리저리 돌려 반죽이 팬 전체에 얇고 넓게 퍼지
    도록 한다. 이때 반죽이 너무 되직해서 넓게 퍼지지 않으면 우유를 적당히 부어 농도를 조절한다. 아랫면
    에 색이 돌면 뒤집어서 나머지 한쪽도 같은 색이 돌 때까지 익힌다.

4   뜨거울 때 버터와 메이플 시럽을 올리거나 좀 더 식사에 가깝게 달걀 프라이와 햄을 얹어 먹어도 맛있다.
    반죽은 그대로 냉장고에서 하루나 이틀 보존할 수 있다. 구운 오트케이크는 식혀서 냉동 보관해도 된다.

곰돌이 푸

마법을 언제까지나

마법으로 두는 법

번역가 이시이 모모코는

『푸와 나』라는 에세이에 이렇게 썼습니다.

"어리석은 곰 푸는 이렇게도 여전히

즐겁고 우스울 뿐 아니라

항상 '생각할 거리'를 안겨 준다.

하지만 나는 『곰돌이 푸』만큼은

굳이 분석하지 않을 생각이다.

마법은 마법으로 놔두고 싶기 때문이다."

『곰돌이 푸』WINNIE THE POOH, 1926
『푸 코너에 있는 집』THE HOUSE AT POOH CORNER, 1928

A. A. 밀른(Milne) 지음 | E. H. 셰퍼드 그림

밀른이 어린 아들 크리스토퍼 로빈을 위해 쓴 즐거운 판타지. 곰돌이 푸와 아기 돼지 피글렛 등 크리스토퍼 로빈이 너무나 좋아한 동물 인형들이 펼치는 유쾌한 이야기.

＊ 일본어판 이시이 모모코 번역(이와나미소년문고, 1956, 1958)

"이 세상에 꿀벌이 왜 있느냐면, 그건 당연히 꿀을 모으기 위해서지."
그리고 일어나선 말했습니다.
"그래서, 꿀을 왜 모으느냐면 그건, 내가 먹기 위해서지."

‘곰돌이 푸’ 하면 꿀을 좋아하는 걸로 유명하죠. 풍선에 매달려 나무 위 벌집까지 올라가 꿀을 찾는가 하면 "뭔가 한입 먹을 시간!"이라며 꿀단지를 끼고서 꿀을 퍼먹는 등 하여간 꿀에 열중하는 푸입니다. 영국 사람들도 아침부터 꿀을 빠뜨리지 않습니다. 토스트에 버터를 바르고 그 위에 꿀을 듬뿍 발라서 볼이 미어지게 먹는 모습은 곰돌이 푸 그 자체입니다.

꿀에 대한 가장 오래된 기록은 기원전 5500년 고대 이집트인이 남긴 것으로, 그들이 살던 나일강 하류 지역은 ‘꿀벌의 나라’라고 불렸다고 합니다. 기원전 1450년에는 시리아가 고대 이집트 왕 투트모세 3세에게 벌꿀을 공물로 바쳤다는 기록도 남아 있습니다.

유럽에서도 설탕이 들어오기 전까지 유일한 감미료인 꿀을 귀하게 여겼습니다. 따라서 어떻게 해야 꿀을 많이 얻을 수 있을지가 사람들의 생활에서 중요한 문제였지요. 꿀벌을 끌어들이기 위해 밀원식물蜜源植物

아침에 먹는 토스트에도 벌꿀이 빠질 수 없다.

인 허브를 벌집 주위에 심기도 했습니다. 타임thyme, 레몬밤lemon balm, 라벤더가 그런 이유로 심던 대표적인 식물입니다. 특히 레몬밤은 비밤 bee balm(밤은 방향제로 쓰이는 침엽수의 나뭇진인 발삼balsam의 약어), 즉 꿀벌 방향 제라는 별명이 있었을 정도입니다. 그저 벌집 가까이 심기만 한 게 아니라 잎사귀를 벌통에다 직접 문질러 꿀벌들이 향을 맡고 모여들게 하기도 했지요. 중세까지는 벌을 키울 때 밀짚이나 호밀짚, 골풀 따위로 엮어 만든 바구니를 벌통으로 쓰기도 했기 때문에 그런 방법이 가능했습니다. 바구니에서 키우던 벌이 나가서 벌집을 만들면 바구니를 거두어 쉽게 꿀을 채취할 수 있었습니다.

그렇게도 꿀을 좋아하는 곰돌이 푸는 원래 봉제 인형입니다.『곰돌이 푸』와『푸 코너에 있는 집』은 밀른이 외아들 크리스토퍼 로빈의 방에 있던 곰과 아기 돼지, 당나귀 인형에게 생명을 불어넣어 아들과 함께하는 모습을 생생하게 그려 낸 이야기입니다. 밀른은 아들 크리스토퍼 로빈을 보면서, 장난감이 살아 있다고 믿고 자기 분신으로 여기는 아이들 특유의 심리를 처음 알게 되었고 자기 자신도 그 세계를 공유하게 된 것입니다.

훗날 크리스토퍼 로빈 밀른은『마법의 공간들』(1974)에서 푸의 탄생에 대해 이렇게 말합니다.

내가 그들과 놀고 이야기를 나누고 그들에게 대답할 목소리를 주었더니, 그들은 숨을 쉬며 살아 움직이기 시작했습니다. 하지만 나 혼자선 장난감들을 갖고 그렇게까지 해내는 게 불가능했을 것입니다. 돕는 손길이 있었지

1·2. 바닥에 뿌리기도 하고 요리에도 널리 쓰는 밀원식물 레몬밤과 타임
3. 중세의 바구니 벌통

요. 어머니가 친구가 되어 나랑, 또 장난감들이랑 함께 놀아 주었습니다. 그러면서 비로소 장난감들은 차츰 생생하고 분명한 성격을 띠게 되었습니다. 그리고 마침내 아버지가 그 뒤를 이어서 말았습니다.

푸는 1921년 크리스토퍼 로빈의 첫돌을 기념해 해러즈 백화점에서 산 테디 베어였습니다. 당나귀 이요르는 같은 해 크리스마스 선물이었고요. 아기 돼지 피글렛은 이웃이 선물해 준 것이라고 합니다.

『곰돌이 푸』의 원제는 푸의 정식 이름이기도 한 '위니 더 푸'Winnie-the-Pooh입니다. 위니는 당시 런던동물원에서 인기를 끌던 흑곰의 이름이라고 합니다. 어린 크리스토퍼 로빈과 흑곰 위니가 함께 찍은 사진도 남아 있는데, 아주 즐거운 시간을 보냈다는 걸 짐작할 수 있습니다. 저도 딸이 어렸을 적에 런던동물원에 함께 간 기억이 있는데, 그 곰 위니가 동상이 되어 아이들을 맞아 주고 있더군요. 1914년 캐나다에서 온 위니는 1934년 세상을 떠날 때까지 많은 사람들에게 사랑받았다고 합니다. 그런데 '푸'라는 이름이 어디서 왔는지는 분명하지 않습니다. 동물원에 위니를 보러 갔을 때 옆에 있던 여자아이가 위니한테서 냄새가 난다며 "푸-"라고 했다는 둥 크리스토퍼 로빈이 자주 가던 연못의 백조 이름이라는 둥

런던동물원의
위니 동상

여러 설이 있습니다만 확실한 건 알
수 없습니다.

푸는 언제나 오전 11시만 되면 뭔가 한
입 먹는 걸 좋아했습니다. 그래서 지금
래빗이 접시와 머그잔을 꺼내는 모습을
보니 너무나 기뻤습니다.

—『곰돌이 푸』

'위니 더 푸'라는 이름이 실제로 동물원에 살
던 흑곰 위니에게서 유래했다고 쓰여 있다.

　　영국에서는 '일레븐지스'elevenses
라고 해서 오전 11시 무렵에 다과를 즐기곤 합니다. 꿀을 좋아하는 푸
는 친구 래빗이 빵에다 꿀을 바를지, 아니면 연유를 곁들여 차와 함께
먹을지 물어보자 더없는 행복을 느낍니다.

　　앞 장에서 말한 쿡 부부도 곰돌이 푸가 좋아하는 일레븐지스를 일
상적으로 즐겼습니다. 집안일을 좋아하는 아서 씨는 11시가 되면 정원
벤치에 앉아 홍차를 한잔하며 한숨 돌리곤 했습니다. 그때마다 저도 마
당으로 홍차를 나른 뒤 함께 마음 편히 바람을 쐬며 일레븐지스를 즐겼
습니다.

　　영국인처럼 홍차를 많이 마시는 국민은 없을 거라고들 합니다. 아침
에 눈을 뜨면 일단 침대에서 한잔, 이어 아침 식사 후에 11시의 일레븐
지스, 점심 식사 뒤에는 4시경의 티타임, 마지막으로 저녁을 먹고 나서
식후 차까지. 영국인들은 마치 구두점을 찍듯이 매 일과마다 단락을 짓

는다는 핑계로 홍차 한잔 마시는 시간을 두고 있습니다. 『곰돌이 푸』 이야기도 크리스토퍼 로빈이 여는 다과회로 막을 내립니다.

여기서 잠시 차의 역사를 살펴볼까요? 요즘에는 영국에도 차밭이 많지만, 처음에는 자국에서 차를 재배하지 않았습니다. 그런 영국이 세계에서 손꼽히는 홍차 소비국이 된 배경은 무엇일까요? 차의 발상지는 말할 것도 없이 중국입니다. 중국에서 차를 즐기는 풍습이 일반적으로 퍼진 건 5세기 말부터였다고 합니다. 일본에서는 가마쿠라 시대* 이후 본격적으로 보급되었고, 유럽인이 중국차를 알게 된 건 16세기 후반입니다. 17세기 들어 항해술이 뛰어났던 포르투갈과 네덜란드의 상인들이 교역을 위해 동양에 왔습니다. 실제로 맨 처음 대량으로 차를 사들인 건 네덜란드인들이었습니다. 동인도회사가 이 차를 네덜란드, 영국, 프랑스, 독일로 거의 비슷한 시기에 가져갔는데, 이후 차 문화를 국민적으로 널리 보급하고 발전시킨 나라는 재미있게도 영국이었습니다.

네덜란드에서 영국으로 가져온 차는 런던의 '개러웨이스'Garraway's라는 커피하우스에서 1657년에 처음으로 팔기 시작했습니다. 영국에서 차는 만병에 효과가 있는 값비싼 약으로 팔렸습니다. "두통, 담석, 괴혈병, 건망증, 감기에 효과가 있고, 그 밖에도 몸을 흥분시켜 졸음을 쫓고 밤새도록 공부에 몰두할 수 있게 한다"는 문구로 홍보했지요. 차는 그때까지 서민은 구할 수도 없는 고급품이었습니다.

유럽인이 처음으로 수입한 차는 대부분 녹차였는데, 중국에 차를 사러 간 영국인 도매상이 나중에 보이차라 불리는 발효 홍차를

* 1192~1333년까지의 무인 집권 시기.

우연히 들여오면서 이것이 영국에서 사랑받게 됩니다.

　그러다 차를 무척 즐기던 포르투갈의 카타리나Catarina가 1662년에 찰스 2세와 결혼하면서 영국의 상류층 여성들 사이에서 차가 인기를 끌게 되었습니다. 캐서린 왕비, 즉 카타리나는 영국에 홍차와 설탕을 들여왔으며 초창기부터 홍차에 설탕을 넣어 마신 사람 중 한 명이라고도 합니다. 커피가 애초에 남성의 음료로 보급된 것과 대조적으로 차는 여성의 음료로서 궁정에서 상류계급으로 퍼졌습니다. 이윽고 차는 커피보다 확실하게 영국 가정에 정착하게 됩니다.

　18세기 말에는 영국이 차에 붙는 관세를 대폭 깎으면서 가격이 급격히 떨어졌습니다. 그 덕에 처음으로 농민과 노동자 사이에서도 차가 널리 보급되었고, 매일 홍차 없이는 살 수 없는 영국인의 생활 습성이 정착되었습니다. 홍차에 우유를 넣어 마시는, 지금은 대단히 일반적인 습관은 중국 홍차를 접한 영국인이 개발한 방법입니다.

　1860년 무렵부터는 인도에 이어 실론(스리랑카)에서도 차를 재배해 순식간에 중국차를 몰아내고 세계시장을 정복해 버립니다. 품질과 향, 생산량에서 중국차를 넘어서는 데다 값싸고 기호에도 맞는 인도와 실론의 차를 영국에서는 매일 마시게 되었습니다.

　『곰돌이 푸』에는 벌꿀 말고는 먹을거리가 많이 나오지 않지만, 아기 캥거루 '루'와 엄마 '캥거'가 좋아하는 물냉이 샌드위치와 올빼미 '아울'이 좋아하는 비스킷이 등장합니다. 샌드위치와 비스킷이야말로 홍차와 함께 즐기는 대표적인 음식이지요.

1. 아침 식사 전에 침대 위에서 마시는 홍차 세트
2. 차에 곁들인 쇼트브레드(short bread)는 스코틀랜드에서 처음 만들기 시작했다.
3. 스코틀랜드 국화인 엉겅퀴꽃 모양을 내어 구운 쇼트브레드
4. 런던의 유서 깊은 백화점인 해러즈와 포트넘 앤드 메이슨은 홍차로도 유명하다.
   벽장에 쭉 늘어선 커다란 깡통에 담긴 홍차를 무게를 달아 살 수도 있다.

루가 먹을 물냉이 샌드위치와 티거가 먹을 마마이트* 샌드위치 꾸러미를 싸 주며 "장난꾸러기들 장난치지 말고 숲에서 오전 내내 느긋하게 놀다 오렴." 하고 둘을 내보냈습니다.

—『푸 코너에 있는 집』

샌드위치 백작이 체스 게임을 하면서도 한 손으로 먹을 수 있도록 만들었다는 샌드위치. 영국 슈퍼마켓에 가면 여러 가지 재료를 끼운 삼각형 샌드위치가 쭉 진열되어 있고, '샌드위치 바'라고 적힌 가게에서는 손님이 빵과 재료를 고르면 눈앞에서 샌드위치를 만들어 줍니다. 빅토리아 시대에 정착한 애프터눈 티afternoon tea 또한 처음에는 점심과 저녁 사이의 공복을 달래기 위한 것이었다고 하니 여기에 샌드위치가 빠질 수 없지요. 재료로는 물냉이보다 오이를 넣는 경우가 많습니다. 요즘은 오이가 1년 내내 나와서 겨울에도 먹을 수 있지만, 빅토리아 시대에는 여름에만 수확할 수 있었습니다. 오이는 태양빛을 머금은 여름의 맛이었지요. 그래서 겨울에는 샌드위치가 아니라 크럼핏crumpet**이나 머핀 같은, 난로에서 적당히 구워 먹는 토스트가 나왔습니다.

애프터눈 티는 1840년대에 7대 베드퍼드Bedford 공작 프랜시스의 부인인 애나 마리아Anna Maria로부터 시작되었다고 합니다. 당시에는 점심을 1시 무렵에, 그리고 저녁은 8시 무렵에 먹었습니다. 그렇기 때문에 그사이의 공복을 채우기 위해 애나 마리아는 4시 무렵

* marmite. 이스트 추출물로 만든 찐득하고 새까만 스프레드로, 영국에서 흔히 빵에 발라 먹는다.
** 이스트(효모)를 넣어 윗면에 작은 구멍이 송송 뚫린 팬케이크로 뜨거울 때 버터를 얹어 먹는다.

에 차를 마시며 손에 잡히는 것을 함께 적당히 집어먹었습니다. 그로부터 생겨난 티타임이 사람을 초대해 과자를 곁들여 즐기는 사교 문화의 장으로 격이 높아진 것입니다.

애나 마리아는 결혼 전 빅토리아 여왕의 시녀로 일한 인연이 있어 여왕에게도 애프터눈 티를 대접했습니다. 빅토리아 여왕이 이것을 마음에 들어 해 일상에 도입하면서 그 문화가 궁정에까지 널리 퍼지게 되었습니다. 여왕은 특히 시트 사이에 라즈베리 잼을 바른 버터케이크를 좋아했지요. 그렇게 여왕의 이름이 붙은 빅토리아 스펀지케이크(빅토리아 샌드위치라고도 부릅니다)는 요즘도 티타임 과자로 사랑받고 있습니다.

티타임을 더욱 느긋하고 편안하게 보내기 위해, 애프터눈 티는 보통 식탁이 아니라 소파와 커피 테이블이 있는 편안한 거실이나 방에서 즐깁니다. 그러다 보니 과자를 늘어놓을 공간이 마땅치 않아 3단짜리 '케이크 스탠드'를 이용하게 되었지요. 요즘에 보이는 테이블용 3단 스탠드는 찻집이나 호텔 등에서 애프터눈 티를 상업적으로 제공하면서 만들어졌습니다. 그런가 하면 '하이 티'high tea라는 것도 있습니다. 농민이나 노동자 가정에서 늦은 오후나 이른 저녁, 즉 5~6시 무렵에 차와 함께 먹는 식사를 말하며, 이때 고기나 생선 요리를 차에 곁들입니다.

오이를 끼운 샌드위치

1. 공작부인 애나 마리아의 거처였던 워번 애비(Woburn Abbey). 이곳의 푸른 응접실(The Blue Drawing Room)에서 애프터눈 티 문화가 시작되었다.
2. 샌드위치, 스콘, 케이크의 3단으로 이루어진 애프터눈 티 세트로, 맨 아래 샌드위치를 가장 먼저 먹는다.
3. 가리발디 비스킷. 이탈리아 통일에 힘을 쏟은 혁명가 주세페 가리발디의 영국 방문을 기념해 1861년에 만들기 시작했다고 한다.

비스킷은 다과 시간에 빠지지 않는 간식입니다. 직접 과자를 굽는 가정의 경우 언제든 통 속에 수제 비스킷이 들어 있어 다과 시간마다 테이블을 장식합니다.

비스킷은 라틴어 '파니스 비스 콕투스'panis bis coctus에서 유래한 말로 '두 번 구운 빵'이라는 뜻입니다. 빵을 저며서 바삭하게 구운 러스크와도 아주 비슷하다고 볼 수 있습니다. 요즘은 비스킷이라고 하면 밀가루를 주재료로 오도독 바삭바삭하게 구운 달콤하고 작은 과자를 말하지요. 19세기 들어 설탕이 비교적 저렴해지고 탄산소다 같은 팽창제가 보급되면서 이렇게 바삭한 비스킷 종류가 급속히 늘어났습니다.

미국에서는 영국의 비스킷에 해당하는 것을 쿠키라고 부르고, 비스킷이라 하면 스콘처럼 두껍고 말랑말랑하게 구운 빵을 가리킵니다. 같은 영어인데도 나라마다 다른 음식을 지칭한다는 게 재미있지요.

푸의 세계는 밀른 가족이 아주 좋아한 시골 속 자연에다 봉제 인형들이 살아가는 판타지의 세계를 덧입힌 것입니다. 1924년 런던 첼시에 살고 있던 밀른 가족은 이스트서식스 지방의 코치퍼드 팜Cotchford Farm에 주말용으로 사 두었던 집으로 이사합니다. 이때부터 밀른을 사로잡은 집 주변의 장소들, 아들 크리스토퍼 로빈이 동물 인형들과 어울려 지내던 애시다운 숲을 둘러싼 자연이 푸 이야기의 무대가 되었습니다.

푸와 크리스토퍼 로빈이 종횡무진 뛰놀던 '마법의 숲'은 런던에서 남동쪽으로 약 56킬로미터 떨어진 곳에 있습니다. 제가 살던 윔블던에선 차로 한 시간 반 정도만 달리면 도착할 만큼 가까워서 곧잘 푸를 만나러 주말 드라이브를 가곤 했습니다.

이 숲 입구에 해당하는 곳에 하트필드Hartfield라는 조그마한 마을이 있습니다. 아주 작은 동네인데, 우체국 앞에 크리스토퍼 로빈이 불스아이bullseyes라는 박하사탕을 사던 가게가 있습니다. 지금은 곰돌이 푸와 관련한 책과 기념품을 파는 가게인 '푸 코너'로 바뀌었습니다. '푸의 숲 지도'라는 지도를 팔면서 관광객들을 푸의 세계로 유혹하지요.

하트필드 마을을 나와 먼저 푸 다리Pooh bridge로 향합니다. 근처에 코치퍼드 팜이 있을 텐데, 밀른 가족이 떠난 뒤에도 개인이 소유하고 있어서 가 보지는 못했습니다. 다리에 이르면 손에 작은 나뭇가지를 든 아이들이 연이어 부모를 이끌고 오는 모습이 보입니다.

셋은 흘러가는 강물을 한참이나 아무 말 없이 내려다보고 있었습니다. 그래서 강도 함께 아무 말 없이 흘러갔습니다. 이 따뜻한 여름 오후, 강은 아주 조용하고 한가로운 기분을 느꼈습니다.

『푸 코너에 있는 집』에 묘사된 광경이 눈앞에 그대로 펼쳐지는 듯합니다. 다리도, 다리 난간까지도 똑같이 그 모습입니다. 난간 위에 올라가 나뭇가지를 강에 던지던 크리스토퍼 로빈의 모습을 아이들이 똑같이 흉내 냅니다. 다리 한쪽에서 나뭇가지를 던진 뒤에 서둘러 반대쪽으로 뛰어가 떠내려오는 나뭇가지를 바라보는 단순한 놀이, 다리 위에

1. 푸 코너
2. 푸 코너에서 파는 불스아이
3. 푸 다리로 안내하는 소박한 표지판
4. 푸 다리로 이어지는 들판과 가시덤불 사이의 오솔길
5. 푸 다리 아래로 강물을 내려다보는 아이들
6. 푸가 찾아낸 막대기(pole)를 크리스토퍼 로빈이 땅에 꽂은 다음 "푸가 북극 (North Pole)을 발견했다"며 모두 함께 기리던 곳

서 크리스토퍼 로빈이 하던 그 놀이를 지금도 변함없이 하고 있는 것입니다. '과연 곰돌이 푸의 세계는 살아 있구나!' 그런 실감이 들었습니다. 일찍이 크리스토퍼 로빈도 이 아이들 중 한 명이었던 거죠.

온 길로 다시 돌아가 차를 타고 더 남쪽으로 국도를 달려가면 한쪽 비탈이 건너다보이는 약간 높은 언덕에 다다릅니다. 애시다운 숲의 '길스 랩'Gills Lap입니다. 여름에 가면 무성하게 자라난 노란 가시금작화 덤불과 연기처럼 자욱하게 핀 자주색 히스꽃이 언덕 전체를 아득히 멀리까지 덮고 있습니다. 영국인들은 주차장에 차를 세우고 트렁크에서 장화를 꺼내 갈아 신은 다음 거기서부터 걸어갑니다.

푸는 기슴이 어떤 것인지 알아차리고는, 언젠가 자신이 커다란 나무에서 떨어졌을 때 가시금작화 덤불이 갑자기 자신에게 덤벼드는 통에 가시를 죄다 뽑아내는 데 엿새나 걸렸다고 말했습니다.

『곰돌이 푸』에는 이렇게 가시금작화가 많이 등장합니다. 가시금작

길스 랩에 핀 히스꽃과 가시금작화(왼쪽)
길스 랩 근처 전망 좋은 곳에 밀른과 셰퍼드의 업적을 기리는 기념비가 있다(오른쪽).

화는 가시가 있는 콩과의 상록 관목으로, 유럽에서는 황야부터 초지까지 폭넓게 군생하는 식물입니다. 노란색 꽃이 사랑스럽지만 줄기 전체에 굵은 가시가 있어서 푸가 얼마나 힘들었을지 짐작이 갑니다. 가시금작화는 영어로 고스gorse라고 하는데, 황야를 뜻하는 중세 영어 고스트gorst에서 나온 말입니다. 이름에 '황야'를 품고 있다는 점이 꼭 히스 같죠. 아일랜드에서는 가축이나 작물을 지키기 위해 노동절과 하지에 가시금작화 덤불에 불을 지르는 주술적인 관습도 있다고 합니다.

『곰돌이 푸』를 번역한 이시이 모모코는 『푸와 나』(2015)라는 에세이에 이렇게 썼습니다.

어리석은 곰 푸는 이렇게도 여전히 즐겁고 우스울 뿐 아니라 항상 '생각할 거리'를 안겨 준다. 하지만 나는 『곰돌이 푸』만큼은 굳이 분석하지 않을 생각이다. 마법은 마법으로 놔두고 싶기 때문이다.

'마법은 마법'이라는 말, 정말이지 고개가 끄덕여집니다. 이치를 따지는 대신 『곰돌이 푸』에 담긴 마음을 그저 즐겁게 누릴 수 있으면 그걸로 되겠지요. 꿀이나 과자를 마냥 맛있게 먹으면 되는 것처럼. 🍎

곰돌이 푸와 함께 달콤해질 시간
허니 바나나 머핀

재료 지름 7cm 머핀 틀 6개분

캐러멜 바나나 바나나 120g(7mm 두께로 저며 둔다), 백설탕 2큰술
반죽 박력분 85g, 강력분 35g, 계핏가루 1작은술, 베이킹파우더(알루미늄 성분이 없는 게 좋다) 1큰술, 호두 30g(전자레인지에 구워 큼직하게 부숴 둔다. 500W 기준 1~2분), 무염 버터 40g, 꿀 80g, 플레인 요구르트(무가당) 40g, 달걀(중란이나 대란) 1개
장식 바나나 5mm 두께로 6장

1 냄비에 백설탕과 물 1작은술을 넣고 중불로 가열하다 설탕이 녹으면 약불에서 졸인다.

2 캐러멜색이 돌면 불을 끄고 7mm 두께로 저민 바나나 슬라이스를 넣는다. 바나나에 캐러멜이 골고루 묻도록 다시 약불에서 잘 볶은 뒤 불에서 내려 식힌다.

3 오븐을 170도로 예열하고 반죽을 만든다. 실온에서 부드럽게 만든 버터를 볼에 담고 거품기로 크림 상태가 되도록 젓는다. 여기에 꿀을 더해 잘 섞는다.

4 달걀을 풀어 3에 조금씩 부으며 섞는다. 박력분, 강력분, 계핏가루, 베이킹파우더를 섞어서 체에 내리고 고무 주걱으로 자르듯이 섞는다. 거의 섞이면 요구르트와 호두, 2의 캐러멜 바나나를 넣고 전체적으로 균일한 상태가 되도록 다시 한번 잘 섞는다.

5 내열 컵이나 머핀 틀의 7~8할 높이까지 4의 반죽을 붓고 장식용 바나나를 위에다 얹는다. 예열해 둔 오븐에 20분 정도 굽는다. 가운데를 나무 꼬챙이로 찔러 반죽이 묻어나지 않을 정도로 구워지면 머핀을 꺼내 금속 망 위에서 식힌다.

영국인에게 롤리폴리 푸딩은
어린 시절에
집에서 만들어 먹던 추억이 있는,
이른바 '어머니의 맛'이 담긴 과자입니다.
어린 시절에 즐겁게 먹은 음식은
언제까지나 그 맛이
마음속에 살아 있는 것 같습니다.

자연과 시골 생활에 대한
더없는 애정

『피터 래빗 이야기』 시리즈 전 23권

THE TALE OF PETER RABBIT, 1902

비어트릭스 포터(Beatrix Potter) 쓰고 그림

영국의 한가로운 전원을 무대로 작은 동물들이 온갖 사건을 벌입니다.
100년 넘게 전 세계 어린이들에게 사랑받고 있는 그림책 시리즈.

* 일본어판 이시이 모모코 번역(이와나미소년문고)

"푸딩 드시겠습니까?"

영국 식당에서는 식후에 디저트를 먹을 것인지 확인할 때 이렇게 물어 보기도 합니다. 푸딩pudding이라는 말에는 '식후에 나오는 달콤한 요리'라는 의미도 있기 때문이지요. 한편 푸딩이라 불리는 음식은 요크셔푸딩(이 책 61, 63쪽 참조) 같은 식사용에서부터 크리스마스 푸딩(이 책 101~103, 207쪽 참조)으로 대표되는 달콤한 후식까지 이루 헤아릴 수 없을 만큼 종류가 많습니다.

푸딩은 원래 '속을 채운 동물 위장' 요리를 가리킵니다.* 양의 위胃에 오트밀, 양파, 허브를 양기름이나 쇠기름과 섞어서 채운 스코틀랜드의 전통 요리 해기스haggis는 초기 푸딩의 역사를 지금까지 전하는 음식이라 할 수 있습니다.** 스코틀랜드의 시인 로버트 번스Robert Burns는 「해기스에 바치는 시」Address to a Haggis를 썼고, 그런 연유로 매년 그의 생일인 1월 25일 밤이면 스코틀랜드에선 '번스 나이트'를 기념하며 해기스를 먹습니다.

"피크닉을 가서 아주 맛있는 당밀 푸딩을 먹었다." 28세의 비어트릭스 포터는 웨일스의 아저씨 댁에 머무르던 1895년 5월에 이런 일기를 썼습니다. 세계에서 가장 유명한 토끼 피터 래빗을 탄생시킨 그도 맛있는 푸딩 앞에선 여념이 없는 모습을 엿볼 수 있습니다.

그림책 작가로 활동한 기간은 10년 정도로 짧지만 비어트릭스 포터는『피터 래빗 이야기』(1902)를 시작으로 자그마한 보석과도

* '작은 소시지'를 뜻하는 라틴어 보텔루스(botellus)와 프랑스어 부댕(boudin)에서 유래했다고 한다.
** 우리나라의 피순대와 흡사한 영국의 전통 소시지 블랙푸딩(black pudding)도 있다.

같은 스물세 권짜리* 그림책을 남겼습니다.

그 가운데 『롤리폴리 푸딩』The Roly-Poly Pudding이라고 해서 푸딩 이름 그 자체가 제목인 그림책이 있습니다. 1908년 포터의 열세 번째 그림책으로 세상에 나왔다가, 1926년 『새뮤얼 위스커스 이야기』The Tale of Samuel Whiskers라는 제목으로 재출간되었습니다. 최근 판본에는 원제인 '롤리폴리 푸딩'이 부제로 붙어 있습니다. 쥐 부부가 새끼 고양이 톰을 이용해 롤리폴리 푸딩을 만들려 하는 내용인데, 일본어 번역판에서는 '고양이말이 경단'ねこまきだんご이라고 옮겼습니다.

앞서 『톰 키튼 이야기』The Tale of Tom Kitten(1907)에서 장난꾸러기 면모를 보여 준 톰은 속편 격인 이 이야기에서 또다시 일을 저지릅니다. 벽난로를 통해 굴뚝까지 올라가 참새를 잡겠다는 계획을 꾸미지만, 도중에 잘못해서 다른 집 천장으로 들어가 버린 겁니다. 그렇게 톰은 거기 살고 있던 쥐 부부에게 붙잡히고 맙니다. 쥐 부인은 따뜻한 곳에서 발효 중이던 빵 반죽을 슬쩍해 그걸로 톰을 돌돌 말아 버립니다. 다행히 목수 존 씨가 천장을 뜯고 톰을 무사히 구출하지요.

롤리폴리 푸딩은 밀가루에 쇠기름을 섞어 만든 반죽을 판판하게 펴서 그 위에 라즈베리 잼을 고루 바른 뒤 봉 모양으로 가늘고 길게 말아 베 보자기로 감싼 뒤 찐 것입니다.(옛날에는 물에 삶아 만들었습니다.) 요즘은 버터를 쓰기도 하지만 쇠기름으로 만드는 게 전통 방식입니다. 쇠기름은 잘 녹아서 가벼운 반죽을 만들기에 좋습니다. 영국에서는 쓰기 편하게 쇠기름을 분말로도 팝니다. 푸딩을

* 일본어판 전집은 유고작인 『교활한 늙은 고양이』를 포함해 총 스물네 권이다.

익힐 때 베 보자기 대신 안 입는 셔츠 소매를 잘라 감싸기도 해서 '셔츠 소매 푸딩'shirt-sleeve pudding이라고도 한답니다.

영국인에게 롤리폴리 푸딩은 어린 시절에 집에서 만들어 먹던 추억이 있는, 이른바 '어머니의 맛'이 담긴 과자입니다. 어린 시절에 즐겁게 먹은 음식은 언제까지나 그 맛이 마음속에 살아 있는 것 같습니다. 그 추억 속에는 "말 안 듣고 말썽 부리면 톰처럼 푸딩 돼 버린다!" 하고 아이들을 겁주는 부모님의 모습도 담겨 있지 않을까 싶습니다.

그렇게 겨우 목숨을 건진 톰의 몸에 둘둘 말려 있던 반죽은 톰의 엄마인 타비타 아주머니 손에서 백 푸딩bag pudding이라는 과자로 다시 태어납니다. 자잘한 건포도(커런트)를 넣어 반죽에 들어간 검댕을 감추는 것도 잊지 않았지요. 어디서나 주부의 절약 정신이란 똑같은 것 같아 재미있습니다.

백 푸딩은 이름대로 반죽을 가방에 넣듯이 보자기로 싸서 찌거나 물에 데쳐 만듭니다. 반죽을 보자기로 싸서 찌는 과정을 거치면, 103쪽에 실린 포터의 그림에 보이듯 둥그런 푸딩이 됩니다.

1485년에 나온 문헌에는 푸딩을 만들 때 베 보자기를 사용한다고 적혀 있습니다. 그러니까 그 무렵 이미 베 보자기가 동물의 위를 대신하게 되었다는 걸 알 수 있지요. 본래 푸딩의 그릇이었다고 할 수 있는 양 위장은 도축했을 때만 구할 수 있는 데다 그 안을 채워서 요리를 하려면 내부를 아주 깨끗하게 씻어 내야 해서 수고도 시간도 많이 듭니다. 그 대신 베 보자기를 이용해 손쉽게 만들 수 있게 되면서부터 푸딩은 더욱 일상적인 음식이 된 것입니다. 그 뒤로 화분 같은 모양의 도기 푸

1. 길쭉한 롤리폴리 푸딩
2. 영국 푸딩의 전통을 지키기 위해 코츠월즈의
   스리웨이스하우스(Three Ways House) 호텔
   에서 매주 금요일 밤마다 일곱 가지 푸딩을 맛
   보고 즐기는 푸딩 클럽
3. 푸딩 클럽이 준비한 롤리폴리 푸딩(맨 앞쪽)과
   다른 푸딩들
4. 『새뮤얼 위스커스 이야기』에서 타비타 아주머
   니가 톰의 몸에서 떼어 낸 반죽을 재활용해 만
   든 백 푸딩

딩 틀도 만들어졌고 이제는 전자레인지에 넣고 돌릴 수 있는 내열 플라스틱 틀도 나왔습니다.

포터의 또 다른 그림책 『다람쥐 넛킨 이야기』*The Tale of Squirrel Nutkin* (1903)에는 플럼 푸딩이 등장합니다.

나흘째, 다람쥐의 선물은 통통한 딱정벌레 여섯 마리였는데 브라운 할아버지가 플럼 푸딩만큼이나 맛있어하는 것이었습니다. 벌레는 한 마리씩 소리쟁이 잎에 싸서 솔잎으로 고정해 놓았습니다.

『다람쥐 넛킨 이야기』는 가을에 다람쥐들이 나무 열매를 따 오기 위해 작은 나뭇가지로 뗏목을 만들고 돛 대신 꼬리를 저어 올빼미섬으로 원정을 나가는 이야기입니다. 다람쥐들은 섬 주인인 올빼미 브라운 할아버지에게 줄 선물을 이것저것 가지고 가는데, 그중 '통통한 딱정벌레'를 '플럼 푸딩'에 비유하고 있습니다.

앞서 나온 플럼 케이크와 마찬가지로 플럼 푸딩도 자두가 들어간

『다람쥐 넛킨 이야기』에 나오는 '올빼미섬'의 모델이 된 세인트허버츠섬(왼쪽 사진의 왼쪽 섬)
포터가 태어난 곳임을 알리는 볼턴가든스(Bolton Gardens) 2번지의 푸른 현판(오른쪽)

포터가 『다람쥐 넛킨 이야기』를 쓴 곳이며 작품의 무대이기도 한 링홈(Lingholm)의 저택

푸딩은 아닙니다. 빅토리아 여왕의 남편 앨버트 공은 푸딩을 좋아했는데, 그중에서도 플럼 푸딩을 특히 좋아했다고 합니다. 그래서 궁에서는 크리스마스 저녁이면 플럼 푸딩을 먹는 풍습이 생겼고, 후에 이것이 크리스마스 푸딩이라 불리게 되었습니다.

덧붙여 크리스마스에 트리를 장식하는 것도 앨버트 공의 조국인 독일의 풍습입니다. 19세기 초, 빅토리아 여왕의 할머니이자 조지 3세의 아내였던 독일 출신의 샬럿 왕비가 이 풍습을 처음 영국 왕실에 들여왔습니다. 앨버트 공은 첫째 공주가 태어난 해에 고향 독일에서 가져온 트리를 윈저성에 장식했습니다. 화목하고 행복한 빅토리아 여왕 일가를 본받고 싶었던 영국 국민들이 이를 따라하면서 푸딩과 트리가 영국 가정의 크리스마스 전통으로 정착한 것입니다.

빅토리아 시대에 살았지만, 포터 가족은 크리스마스를 특별하게 보내지 않았습니다. 친가와 외가 모두 유니테리언(영국 국교회에 반대하며 삼위일체 교리를 부정하는 자유주의적 종파) 기독교도였는데, 크리스마스를 기념하지 않는 건 아버지 루퍼트의 종교관에 바탕을 둔 것으로 당시 유니테리언파로서도 예외적이었습니다.

어린 비어트릭스 포터는 이웃집에 꾸며 놓은 크리스마스트리를 부러운 마음으로 바라볼 뿐이었을 겁니다. 분명 어린 마음에 근사한 크리스마스 요리, 칠면조 구이니 크리스마스 푸딩이니 하는 것들로 호화롭게 차린 식탁도 동경의 대상이었겠지요. 포터는 자기 나름의 방식으로 크리스마스를 축하했습니다. 그림 그리기가 특기인 자신이 직접 꾸민 크리스마스카드를 친척 집에 보낸 거죠. 그것이 포터가 크리스마스 무렵에 누릴 수 있는 유일한 즐거움이었을지도 모릅니다.

그러다가 그 가운데 여섯 장의 카드가 상품화되었는데, 이 일이 그에게 커다란 전환점이었습니다. 모두 포터가 처음으로 키운 애완 토끼 벤저민 바운서를 모델로 그린 그림입니다. 그중 한 장에는 토끼가 호랑가시나무로 장식한 크고 동그란 크리스마스 푸딩을 들고 있습니다. 포터에게는 분명 동경이 가

FAITHLESS HABITS.

"He loves me so! he loves me so!"
Sighed Mistress Bunny soft and low,
"And so he sends this Xmas Card
To prove his love and his regard!"

"He loves me too! he loves me too!"
Sighed Mistress Bunny's sister Sue;
"This pretty card is meant to tell
He loves me only, loves me well!"

Alas! alas! 'tis sad but true.
He'd sent to Bunny and to Sue;
So, which he loved they could not name,
Because the cards were both the same!

But though their lover's heart was such,
Don't blame him very—very much,
For, as I hear, such faithless habits
Are not alone confined to Rabbits!

포터가 24세에 그린 여섯 장의 크리스마스카드 그림은 프레더릭 웨더리(Frederic Weatherly)의 시집 『행복한 2인조』(A Happy Pair)의 삽화로 쓰였다. 베 보자기로 싸서 만드는 옛날식 크리스마스 푸딩이 그려져 있다(다이토문화대학 소장).

득 담긴 푸딩이었을 겁니다. 포터가 스물네 살 때, 그러니까 『피터 래빗 이야기』가 세상에 나오기 12년도 더 전에 있었던 일입니다.

다섯 살 때부터 스코틀랜드와 레이크디스트릭트의 자연 가까이서 여름방학을 보냈으니, 그 후에 연구하게 된 버섯뿐만 아니라 허브와 풀꽃 역시 포터에게는 친근한 존재였을 것입니다. 그의 이야기에는 여러 가지 허브가 자연스럽게 등장합니다. 우선 시리즈 첫 책인 『피터 래빗 이야기』에서부터 과식한 피터가 배 아플 때 먹는 파슬리를 찾아 맥그리거 씨 밭에 몰래 들어가는 장면이 나오죠. 양상추를 먹고 깊은 잠에 빠지는 이야기(『플롭시네 아기 토끼들 이야기』), 신사인 척하는 여우가 제미마를

1·2. 오리 제미마가 여우를 위해 따 온 세이지는 여름에 아름다운 보라색
　꽃을 피우는 허브다.

3. 포터가 16세에 가족과 함께 방학을 보낸 레이크디스트릭트의 레이 캐
　슬(Wray Castle) 저택은 윈더미어호가 내려다보이는 높은 돈대 위에
　서 있다.

잡아먹을 생각으로 오믈렛을 만든다면서 누린내를 없애는 데 쓰이는 세이지, 타임, 민트 같은 허브를 구해 오라고 부탁하는 이야기(『오리 제미마 이야기』) 등 식물에 관한 포터의 지식이 여기저기 아로새겨져 있습니다.

『도시 쥐 조니 이야기』*The Tale of Johnny Town-Mouse*(1918)에 등장하는 '허브 푸딩'도 그중 하나라고 할 수 있겠죠. 시골에 사는 쥐 티미 윌리가 도시 쥐 조니를 초대해 음식을 대접할 때 이 푸딩이 등장합니다. 삽화를 보면, 녹색 돌처럼 생긴 둥그런 덩어리가 테이블 위에 놓여 있습니다. 이야기 속 계절이 봄이라는 사실로 미루어 그것이 바로 허브 푸딩이라는 것을 알 수 있습니다.

옛날에는 긴 겨울 동안 몸 안에 탁한 피가 쌓인다고 생각했습니다. 범꼬리, 레이디스맨틀lady's mantle, 민들레, 쐐기풀처럼 봄에 나는 허브에는 체액을 정화하는 효과가 있다고 해서, 봄에는 이들 허브와 보리, 삶은 달걀 등을 섞어 만든 푸딩을 먹는 전통이 생겨났습니다. 주재료인 범꼬리의 별명을 따서 이스터레지Easter-ledge 푸딩이라고도 불리는 허브 푸딩은 봄마다 레이크디스트릭트를 비롯해 영국 북부에서 전통적으로 만들어 왔습니다.

이스터레지 푸딩에 쓰이는 레이디스맨틀(왼쪽)과 범꼬리(오른쪽)

1. 포터가 결혼해서 살았던 캐슬
   코티지. 2016년에 창틀을 원래
   대로 녹색으로 바꿔 칠했다.
2. 포터가 작업실 겸 주거용으로
   구입한 힐탑
3. 키친 가든이 바라보이는 힐탑

포터는 39세에 작업실 겸 주택으로 레이크디스트릭트 니어소리Near Sawrey 마을의 힐탑 농장을 구입했습니다. 그리고 47세에 지역 변호사 윌리엄 힐리스와 결혼한 뒤로는 이곳에서 농장을 경영하고 가축을 돌보며 농부로 반생을 보냈습니다.

결혼 후 이태째 봄에 포터는 요리 솜씨에 자신이 생겨 남편을 위해 이 마을에 전해지는 이스터레지 푸딩을 만들기에 이르렀다고 합니다. 1914년 4월 15일 포터가 옛 약혼자 노먼 워런의 누나 밀리에게 보낸 편지에는 "쐐기풀 같은 봄 허브로 만든 간단한 음식을 잘 조합하면 아주 맛있는 요리가 돼요"라고 쓰여 있습니다. 밀리에게는 결혼 선물로 비튼 부인의 『가정 독본』을 부탁한 듯합니다. 유복한 집안의 아가씨로 자란 포터가 레이크디스트릭트에서 살게 되면서 처음 맡은 주부로서의 책임감과 각오를 드러내는 일화라고 하겠습니다.

『도시 쥐 조니 이야기』는 포터가 52세일 때 출판되었습니다. 이 작품에 허브 푸딩이 등장하는 건 가정을 갖게 된 포터의 생활을 반영하는 걸까요? 이때쯤이면 이스터레지 푸딩을 만드는 포터의 솜씨도 아마 상당해졌겠죠.

앞서 『피터 래빗 이야기』에서 피터가 맥그리거 씨의 밭에 몰래 들어갔다고 했는데, 일찍이 피터의 아버지도 그 밭에 들어갔습니다. 그리고 그만 맥그리거 씨에게 붙잡혀 '토끼 파이'가 되고 말았지요. 귀여운 삽화와는 달리 무시무시하고 비극적인 이야기입니다.

파이는 푸딩과 마찬가지로 중세부터 오랜 역사를 품고 이어진 요리입니다. 옛날에 화덕에서 굽던 음식 중 빵이 아닌 건 전부 '파이'였습니다. 몇백 년 동안 파이 껍질은 조리를 위한 그릇으로 쓰였던 겁니다. 지금도 그 전통을 이어 딱딱한 파이 껍질로 고기를 완전히 감싸서 굽는 포크 파이pork pie도 있고 파이 껍질 대신 도자기로 된 파이 접시에 내용물을 담아 구운 파이도 있습니다. 파이 접시 안에 소고기나 양고기 조림을 채우거나 사과 등의 과일을 넣고 위에는 파이 껍질을 뚜껑처럼 꼭꼭 덮어 증기가 도망가지 않게 해서 구워 내는 겁니다. 각자 파이 껍질을 부순 뒤 안에 든 내용물을 함께 나눠 먹는 것이 지금도 영국 가정의 기본 식사법입니다.

이 파이 접시로 만든 파이 때문에 일어난 소동을 그린 게 『파이와 파이 틀 이야기』*The Tale of the Pie and the Patty-Pan*(1905)입니다. 파이는 파이 껍질 때문에 안쪽이 보이지 않는다는 게 이 이야기의 열쇠죠. 고양이 리비가 개 더치스를 티타임에 초대합니다. 둘은 양복을 입고서 인간처럼 행동하지만, 그러면서도 각 동물의 본래 습성도 그대로 갖고 있습니다. 이러한 양면성은 포터가 창작한 그림책들의 공통점이며, 바로 이 양면성 묘사에서 포터의 예리한 관찰력이 빛납니다. '리비가 쥐고기 파이를 준비하겠군.' 이렇게 직감한 더치스는 쥐가 든 파이 따윈 먹기 싫다는 생각에 리비의 것과 똑같이 생긴 파이 접시에 송아지고기와 햄으

파이 접시에 구운 식사용 파이

로 직접 파이를 만듭니다. 그러고는 미리 리비네 오븐 속에 파이를 몰래 넣어 두러 갑니다. 리비는 2단으로 된 오븐 아래쪽에다 쥐고기 파이를 굽고 있었는데, 더치스는 그것도 모르고 오븐 상단에 자기가 만든 파이를 넣고선 안심하며 돌아오지요. 그런데 티타임에 나온 파이를 먹던 더치스는 자기가 구운 파이를 표시하려고 쓴 '파이 틀'Patty-Pan이 나오질 않자, 잘못해서 틀까지 먹어 버린 것이라고 생각합니다. 그렇게 작은 소동이 벌어지는데, 결국은 자기가 넣어 두었던 파이를 오븐 속에서 발견하지요. 그렇게 계획을 꾸몄는데도 결국 쥐고기 파이를 먹고 말았다는 사실을 깨닫는, 무척 희극적인 이야기입니다.

「6펜스 노래」Sing a song of sixpence라는 마더 구스에는 파이 속 재료가 된 스물네 마리 검정 개똥지빠귀가 파이 껍질 안에서 튀어나와 노래를 한다는 유명한 노랫말이 나옵니다. 16세기에 영어로 번역된 이탈리아 요리책에는 새를 산 채로 파이에 넣고서 식칼을 꽂아 튀어나오도록 만드는 조리법도 실제로 실려 있답니다. 파이 껍질이 안쪽 내용물을 보이지 않게 감추고 있다는 것만으로도 상상력을 불러일으키나 봅니다.

『파이와 파이틀 이야기』에서 티타임이 열린 '버클 이트'(Buckle Yeat) 앞마당(왼쪽)과 이야기에 나오는 우물(오른쪽). 여기서 더치스의 파이 접시가 쪼개져 있는 걸 리비가 발견한다.

그럼 '피터 래빗'네 이야기로 돌아가 보겠습니다. 파이가 되고 만 아버지를 대신해 피터의 어머니는 어떻게 생계를 꾸려 나갔을까요?『벤저민 버니 이야기』*The Tale of Benjamin Bunny*(1904)를 보면, 엄마 토끼는 토끼굴을 가게 삼아 토끼용 담배(라벤더를 말합니다)와 로즈메리 차를 팔아 생활합니다. 역시나 여기서도 허브가 등장하지요. 사실 포터는『피터 래빗 이야기』의 삽화로 이 가게를 묘사한 그림을 그렸지만, 분량이 넘쳐서 속편인『벤저민 버니 이야기』에 넣게 되었습니다. 그래서 우리는 모자가정인 피터네 집 사정을 여기서야 알게 되는 거랍니다.

『피터 래빗 이야기』는 원래 비어트릭스 포터가 스코틀랜드에서 휴가를 보내며 자신의 가정교사였던 애니 무어의 아들 노엘에게 보낸 편지에서 비롯되었습니다. 병에 걸려서 내내 침대에 누워 심심해하는 아들을 위해 애니가 포터에게 그림 편지를 부탁하지요. 편지에는 포터가 벤저민 바운서 다음으로 키우던 피터 파이퍼를 모델로 한 토끼 이야기가 나옵니다. 노엘이 재미있어하도록, 주인공 토끼에겐 장난꾸러기 소년다운 요소를 더했습니다.

어린 소년의 눈높이에 맞춰 래디시radish(당근이라고들 생각하기 쉽지만 1859년부터 재배한 롱스칼렛long scarlet이라는 품종의 래디시, 즉 서양무입니다)와 양배

긴장 완화 및 진정 효과가 있어 차로 마시는 캐모마일

추 등 토끼가 좋아하는 채소와 더불어 피터 어머니가 내주는 캐모마일 차, 여동생 토끼가 우유와 함께 먹는 블랙베리 등 우리 인간들이 사랑하는 먹을거리도 함께 등장합니다.

이 그림 편지를 보낼 적에 포터는 한창 버섯 연구에 몰두하고 있었습니다. 버섯을 관찰하고 스케치하는 것은 물론 버섯의 포자 실험, 발아 중인 포자 스케치에도 열중했지요. 마침내는 그가 쓴 「주름버섯의 포자 발아에 관해」라는 논문을 유서 있는 과학 지식인 모임 '린네 협회'에서 다 같이 읽을 정도였습니다. 하지만 빅토리아 시대엔 여성이 자연과학 분야에서 활약하는 걸 인정하지 않았기에 포터가 이 협회에 참석하거나 논문을 직접 발표하는 일은 일절 허용되지 않았습니다. 지금 시대라면 아마도 포터는 다른 인생을 펼쳤을 겁니다. 여성에 대해 봉건적이었던 빅토리아 시대에 자기 재능을 살려서 유익하고도 경제적으로 자립할 수단을 얻으려던 포터는 분명 크게 낙담했겠지요. 그런 만큼 그림책에서만큼은 자기가 좋아하는 세계를 마음껏 생생하게 그리려 했던 건지도 모르겠습니다.

『도시 쥐 조니 이야기』는 "나로 말할 것 같으면, 티미 윌리와 마찬가지로 시골에 사는 게 더 좋답니다."라는 문장으로 끝납니다. 여기에 포

포터의 버섯 그림 대부분을 소장하고 있는 앰블사이드의 아르미트 도서관

1. 비어트릭스 포터가 레이크디스트릭트의 여러 호수 가운데 가장 아름답다고 한 니어소리 근처의 '에스웨이트 워터' (Esthwaite Water)
2. 포터가 소유한 농장 중 하나인 유 트리 팜(Yew Tree Farm)은 현재 내셔널 트러스트에서 관리한다.
3. 1685년에 지어진 유 트리 팜 창고

터의 진심이 담긴 게 아닐까 싶습니다. 런던에서 나고 자란 포터가 레이크디스트릭트에 뿌리내리고 그곳의 시골 생활을 더없이 사랑했다는 사실이 엿보이지요. 실제로 50대 이후로 포터의 흥미는 농장을 경영하고 양을 기르는 것으로 옮겨 갔습니다.

자연스러운 흐름 속에서 세상에 태어난 그림책이 대성공을 거두자, 포터는 스스로 벌어들인 엄청난 인세를 활용해 자신의 이상을 한층 더 실현했습니다. 인정머리 없는 개발의 손길로부터 레이크디스트릭트를 지키기 위해 농장과 토지를 사들였고, 죽기 전 유언을 통해 내셔널 트러스트에 기부함으로써 사랑하는 자연을 후세에까지 남겼습니다.

포터의 공적은 그 자연뿐만 아니라 레이크디스트릭트 사람들의 삶 자체를 남기려 했다는 데 있습니다. 사람들의 삶을 바라보는 그의 따뜻한 눈길은 그림책 여기저기서 드러나는, 오래전부터 사람들과 함께해 온 허브와 과자를 향한 애정과도 겹쳐 보이는 듯합니다. 🍎

고양이는 들어가지 않아요
롤리폴리 푸딩

재료 길이 약 22cm 1개분

박력분 225g, 베이킹파우더(알루미늄 성분이 없는 게 좋다) 2작은술, 백설탕 2큰술, 무염 버터* 100g, 우유 80ml, 라즈베리 잼 2큰술 정도, 슈거파우더 적당량
커스터드 소스 달걀노른자 2개분, 백설탕 70g, 우유 200ml

1   박력분과 베이킹파우더를 섞어 체에 내린다. 작게 잘라 냉장고에 차게 보관해 둔 버터를 넣고 손가락 끝으로 비벼 가며 섞는다. 부슬부슬한 빵가루 형태가 되면 백설탕을 넣고 우유도 조금씩 부어 가며 한 덩어리로 만든다. 손에 달라붙지 않을 정도의 되기가 이상적이다. 랩을 씌워 냉장고에서 30분쯤 휴지시킨다.

2   반죽이 달라붙지 않게 밀가루(강력분)를 작업대 위에 뿌리고 밀대로 펴서 5mm 두께의 직사각형(약 25×20cm)으로 만든다. 각 모서리가 끝으로 갈수록 얇아지게 밀면 반죽을 말 때 편하다.

3   얇게 편 반죽에 바깥쪽 2cm씩을 남기고 라즈베리 잼을 바른다. 네 변을 안쪽으로 접어 길이 22cm 정도 되는 봉 모양으로 만다. 맞물리는 부분을 아래로 해서 유산지로 한 번, 알루미늄포일로 또 한 번 잘 여민다. 김이 오른 찜기에 넣고 약불에서 한 시간 정도 찐다.

4   커스터드 소스를 만든다. 냄비에 우유를 넣고 데운다. 볼에 달걀노른자를 넣고 멍울이 없게 푼 뒤 백설탕을 넣고 흰빛이 돌 때까지 젓는다. 여기에 데운 우유를 조금씩 부어 가며 천천히 녹이고 다시 중불에 올려 고무 주걱으로 쉬지 않고 젓는다. 한번 끓어오르면 불을 줄이고 걸쭉해질 때까지 젓는다.

5   다 찐 케이크를 3cm 정도 두께로 썰어 접시에 담고, 슈거파우더와 따뜻한 커스터드 소스를 뿌린다.

  * 원래는 쇠기름을 쓰지만 구하기 쉬운 무염 버터로 대신한다.

한밤중 톰의 정원에서

시간을 뛰어넘어 내 안의 어린아이와 만나는 시간

"할머니는
자기 안에 어린아이를 품고 있었다.
우리는 모두,
자기 안에 어린아이를 품고 있다."
차츰 나이를 먹어 갈수록
필리파 피어스의 이 말이
가슴으로 다가옵니다.

『한밤중 톰의 정원에서』
TOM'S MIDNIGHT GARDEN, 1958

필리파 피어스(Philippa Pearce) 지음 | 수전 아인지그(Susan Einzig) 그림

억지로 친척집에 맡겨져 따분한 시간을 보내던 톰은 한밤중 오래된 시계에서 울리는 열세 번째 종소리를 듣습니다. 분명 낮에는 없었던 정원에서, 신비한 소녀 해티를 만나고 친구가 됩니다.

* 일본어판 다카스기 이치로(高杉一郎) 번역(이와나미소년문고, 1975)

저는 어린 시절을 추억하며 이 작품을 썼습니다. 어릴 적 우리 네 형제는 늘 킹스 밀 하우스 정원에서 놀았습니다. 그보다 옛날에는 내 아버지 또한 같은 정원에서 아버지 형제들과 놀았다더라는 얘기를 기억하고 있습니다. 아버지가 어린아이였던 빅토리아 시대의 정원이 『한밤중 톰의 정원에서』 속의 정원입니다.

『한밤중 톰의 정원에서』를 지은 필리파 피어스가 자전적 에세이에 쓴 글입니다. 정원에 대한 영국인의 깊은 애정이 이러한 판타지를 만들어 냈다는 사실을 알 수 있습니다. 피어스와 그의 아버지는 수십 년이라는 시간을 사이에 두고 같은 정원에서 놀던 어린 시절을 공유하고 있습니다. '만약 내가 그 시간의 간극을 뛰어넘을 수 있다면, 똑같은 정원에서 어린아이였던 아버지와 만나 놀 수 있을지도 몰라!' 피어스는 바로 그런, 현실에선 있을 수 없는 꿈처럼 신비한 시간을 『한밤중 톰의 정원에서』의 톰과 해티를 통해 대신 실현하고자 한 게 아닐까요?

영국인에게 정원은 집의 일부입니다. 집이란 주인의 개성이나 생활 방식과 떼려야 뗄 수 없을 정도로 밀접하게 연결되어 있지요. 레이크디스트릭트에 살던 친구 부부는 농가를 사들여서는 집에 바싹 붙어 있는 절벽을 계단 삼아 상당히 개방적인 정원을 만들어 냈습니다. 날씨가 좋으면 아침 식사부터 티타임, 저녁 식사까지도 이 정원 한쪽에 만든 공간에서 즐기지요.

개인 정원과 마찬가지로 여러 유명 정원에도 그곳을 만든 이들의 인생이 담겨 있습니다. 켄트에 있는 시싱허스트 캐슬 가든Sissinghurst

1. 『한밤중 톰의 정원에서』의 무대가 된 정원의 입구
2. 시싱허스트 캐슬 가든의 타임 융단
3. 비어리 부인이 세상을 떠난 뒤 호텔이 된 반슬리 하우스의 정원

Castle Garden은 원래 형무소가 있던 자리에 작가였던 비타 색빌웨스트 Vita Sackville-West와 외교관이었던 남편 해럴드가 조성한 정원입니다. 흰색과 분홍색 꽃이 피는 서로 다른 품종의 타임으로 페르시아(해럴드의 부임지였습니다)의 융단을 표현한 화단이 유명합니다.

반슬리 하우스Barnsley House의 정원은 원예가로 이름 높은 로즈메리 비어리Rosemary Verey가 마치 그림 그리듯 나무를 심어 아름답게 조성한 곳입니다. 요리하면서 바로바로 허브를 딸 수 있는 곳으로도 유명하지요. 지금은 호텔 소유가 되어 더 많은 사람이 모여 휴식을 즐기는 장소가 되었습니다. 생전에 견학 온 사람들과 붙임성 있게 대화하기를 즐기던 비어리 부인이라면 틀림없이 그 모습에 기뻐하겠죠.

이 이야기의 주인공 톰은 한밤중 낡은 시계에서 들려오는 열세 번의 종소리와 함께 시공을 뛰어넘어 현실에 있을 리 없는 정원에서 빅토리아 시대의 소녀 해티와 만납니다. 둘은 그 '시간'을 공유하지요. 마치 피어스의 아버지와 피어스 본인이 시공을 넘어 정원에서 만나는 것처럼 피어스는 친숙한 그곳을 이야기의 무대로 삼았습니다.

정원에서 해티를 만나기 전까지 톰은 계속 떨떠름한 기분이었습니다. 홍역에 걸린 남동생과 격리되어야 한다는 이유로 자기 의사와는 상관없이 런던 집을 떠나 같이 놀 사람도 없는 케임브리지 근처 이모네에 맡겨졌기 때문이죠. 모처럼 시골에 가서 동생과 사이좋게 사과나무 위에다 집을 짓기로 한 여름방학 계획도 전부 물거품이 되고 말았습니다.

그렇게 우울한 톰의 마음을 확 밝아지게 하는 건 스콘을 먹을 수 있는 티타임이었습니다.

하지만 티타임이 되면 톰은 기분이 조금 나아졌습니다. 그웬 이모가 데번셔 티를 준비해 준 것입니다. 삶은 달걀에 수제 딸기 잼, 입에서 사르르 녹는 생크림을 얹은 수제 스콘.

"난 요리를 잘한단다."

이모가 말했습니다.

맛있는 수제 과자가 놓인 찻상이 눈앞에 준비되면 누구든 기분이 좋아지겠죠. '데번셔 티'Devonshire tea는 애프터눈 티를 간소화해 클로 티드 크림clotted cream과 잼을 바른 스콘을 홍차에 곁들여 먹는 크림 티 cream tea의 다른 이름입니다.*

『옥스퍼드 음식 안내서』(1999)에서는 스콘을 "밀, 보리, 귀리의 가루로 만든 부드럽고 판판한 케이크"라고 정의하면서 "짧은 시간에 굽고 버터를 발라 먹는다"고 했습니다. 어원에 관해서도 몇 가지 설이 있습니다. '깨끗한 흰 빵'이라는 뜻의 네덜란드어 '스쿤브로트'schoonbrot에서 유래했다는 설, 그리고 역대 스코틀랜드 왕이 대관식을 거행했다는 스코틀랜드의 옛 수도 스쿤Scone에서 유래했다는 설, 또 '한입 크기'라는 뜻의 스코틀랜드게일어 '스곤'sgonn에서 나왔다는 설 등이 있습니다.

원래 스콘은 맥주 효모로 부풀려서 그리들에다 구웠는데, 19세기 중반에 베이킹파우더가 보급되면서부터는 단시간에 쉽게 구울 수 있게 되었습니다.

영국에서 전통적으로 딸이 어머니에게

* 크림 티가 데번셔(데번)와 콘월 지역에서 유래했기 때문에, 각각 데번셔 티(또는 데번 크림 티)와 코니시 크림 티 (Cornish cream tea)라고 부르기도 한다.

가장 먼저 배운다는 과자가 바로 스콘입니다. 밀가루, 달걀, 우유, 버터 같이 언제나 집에 있는 재료로 간단히 만들 수 있기 때문에 차에 곁들이는 가장 기본적인 과자입니다. 어머니에게서 딸에게로 이어지는 만큼 가정마다 스콘을 만드는 방법도 제각각이라는 점이 재미있습니다. 버터에 돼지기름을 더해서 쓰는 사람, 원래 재료인 버터밀크에 가깝게 우유에 레몬즙을 넣어 뻑뻑하게 만들어 쓰는 사람, 물어보면 다들 '엄마한테 그렇게 배웠다'고 답합니다. 무엇보다도 어렸을 적부터 맛보며 자란 스콘의 맛을 소중히 여긴다는 증거겠지요. 그웬 이모가 만든 스콘은 어떤 맛이었을지 무척 궁금합니다.

데번셔라 불리는 데번 지방은 브리튼섬 서남단에 튀어나와 있는 콘월Cornwall반도 중부에 위치합니다. 인접한 콘월 지방과 함께 사계절 내내 온난한 기후를 이용한 목축이 성한 곳이지요. 녹색으로 가득한 땅에서 저지Jersey종 소를 키우는 이곳은 유지방이 듬뿍 든 우유로 만드는 클로티드 크림의 대표 산지이기도 합니다. 클로티드 크림은 따뜻하게 가열한 우유 표면에 떠오른 노란 지방분으로 만들기 때문에 지방 함량이 60퍼센트에 이릅니다.(참고로 '클로티드'란 '응고된' 혹은 '엉긴' 상태를 뜻합니다.) 이 지방 티타임의 명물이 바로 클로티드 크림을 듬뿍 얹은 스콘입니다. 지

데번 지방에서 즐기는 크림 티. 뒤쪽에 보이는
클로티드 크림을 스콘에 듬뿍 발라 먹는다.

명을 따서 데번셔 크림이나 코니시 크림이라 부르기도 합니다.

데번 지방에서 나고 자란 미스터리의 여왕 애거서 크리스티는 자서전에서 "내가 좋아하는 것은 예나 지금이나 그리고 아마 앞으로도 틀림없이 언제나 크림"이라며 이 클로티드 크림의 맛을 찬양했습니다.

스콘은 가로로 갈라 각각의 면에 잼과 크림을 올려서 먹습니다. 잼과 크림 중 어느 쪽을 먼저 발라야 하는가로 심심치 않게 논쟁까지 붙는데, 데번풍은 크림을 먼저 얹고 그다음에 잼을 바르는 반면 콘월풍은 잼이 먼저, 크림이 나중이라네요. 유감스럽게도 그웬 이모네는 산지에서 멀리 떨어져 있어서 클로티드 크림이 아니라 구하기 쉬운 생크림을 내놓았던 듯합니다.

꿈과 현실 세계를 오가는 환상적인 이야기들을 모은 피어스의 단편집 『이웃들이 한 것』What the Neighbors Did, and Other Stories(1972)의 수록작 「나무딸기 따기」The Great Blackberry Pick에도 스콘이 등장합니다. 길 잃은 아이가 자전거를 타고 어느 집 앞을 지나다 그곳에서 갓 구운 스콘을 대접받는 장면이 있습니다.

그웬 이모네처럼 생크림을 곁들인 스콘

오븐을 열자 스콘이 줄지어 놓인 양철 쟁반 두 개가 나왔습니다. (중략)

"스콘 먹을래?"

발Val은 고개를 끄덕였습니다. 말은 나오지 않았지요. 여인은 스콘을 반으로 가른 뒤 버터를 발라 발에게 건네주었습니다.

길을 잃고 집을 찾아 헤매다 배가 고파진 아이에게 갓 구운 스콘은 얼마나 큰 안도감을 주었을까요? 스콘은 무엇보다 '가정'의 맛이니까요.

저는 1993년 동화학자 사이토 아쓰오 씨 일행과 함께 필리파 피어스의 집을 방문해 그를 만났습니다. 피어스 씨와 그의 아버지가 각각 유년기를 보낸 킹스 밀 하우스Kings Mill House의 정원은 톰과 해티가 만난 정원 묘사 그대로입니다. 킹스 밀 하우스는 대학도시로 이름 높은 케임브리지 근처의 그레이트셸퍼드Great Shelford라는 조용하고 작은 마을에 있습니다. 피어스 씨의 할아버지는 제분업을 했는데, 이곳 정원을 지나는 캠Cam강 물로 물레방아를 돌렸답니다. 킹스 밀 하우스는 빅토리아 시대 이전에 지은 단순해 보이면서도 멋진 건물입니다.

"제분업은 할아버지 대에 접었고, 1973년 어머니가 돌아가셨을 때 다시 이 마을로 돌아왔어요. 형제자매와 유산 문제를 정리한 뒤 저는 아버지가 사용인 가족을 위해 지은 코티지에 살기로 했습니다." 킹스 밀 하우스 바로 맞은편에 있는 코티지에서 혼자 살던 피어스 씨는 집을 이미 다른 사람에게 넘겼지만, 집주인의 후의로 정원만큼은 언제나 자유롭게 드나든다고 했습니다.

나무문을 밀고 들어가니 눈앞이 환해지듯 초록빛 가득한 정원이

1. 필리파 피어스가 살던 코티지
2. 정원을 흐르는 캠강에 수련이 떠 있는 모습
3. 필리파 피어스가 좋아하는 허브들이 쑥쑥 자라던 코티지 정원

피어스의 큰할머니가 그린 그림을 참고해 수전 아인지그가 그린 삽화

펼쳐져 있었습니다. 여기가 『한밤중 톰의 정원에서』의 무대가 된 정원이라 생각하니, 판타지 세계에 들어온 듯 신기한 기분이 들었습니다.

"19세기 초에는 인공적인 조형미보다는 있는 그대로의 자연미를 살린 정원이 유행했습니다. 이 해시계가 있는 담장 모퉁이는 저희 큰할머니가 수채화를 그리던 곳인데, 삽화가도 이 이야기의 삽화를 그릴 때 큰할머니 그림을 참고했어요." 15장 '담장 위에서 바라본 풍경'에 실린 삽화 얘기입니다. 화초가 어지러이 피어 있는 작은 길과 담장, 그리고 해시계의 모습은 작품 속 세계 그대로였습니다. 톰이 담장 위에 무릎을 꿇고서 해시계 뒤에 굴뚝새 둥지가 있는지 보고 있고, 그 아래에서 해티가 톰을 향해 내려오라는 듯 소리치는 모습이 담긴 그림이지요. "아버지가 어렸을 때 이 담장 위를 곧잘 걸어 다녔다고 해요. 딱 톰처럼요."

어쩌면 톰이 어느 밤에 그웬 이모의 부엌에 있는 식료품 저장실에 숨어들었다가 트라이플trifle을 발견하는 장면 또한 실은 피어스 씨 아버지의 경험담에서 나온 건지도 모릅니다. "남자아이들이란 배가 고프나 안 고프나 식료품 저장실에 들어가고 싶어 하는 녀석들"이라고 쓴 걸 보

큰할머니가 그린 그림과 아인지 그의 삽화를 비교해 보여 주며 설명하는 필리파 피어스(왼쪽) 톰이 파자마 차림으로 담장 위를 걷다가 멈춰서 들여다보던 해시계(오른쪽)

면 말이에요. 영국에서 식료품 저장실이란 대개 부엌 북쪽에 만들어 놓는 식품 창고를 말합니다. 잼 같은 보존식품이나 채소, 남은 재료 등을 두는 아주 편리한 수납공간이죠. 톰은 이곳에서 차가운 포크촙pork chop과 건포도 빵, 케이크, 바나나와 함께 절반 남은 트라이플을 발견합니다.

영국과 전혀 인연이 없을 당시에 이 책을 읽은 저는 '트라이플이 대체 무슨 음식이지?' 하며 상상의 나래를 펼쳤습니다. 트라이플이란 '엉뚱한 것', '하찮은 것'이라는 의미로 중세 영어 트루플truffe에서 유래한 이름이라고 합니다. 커다란 유리 볼 등의 그릇에 셰리를 듬뿍 머금은 스펀지케이크, 바나나 같은 과일, 커스터드 크림, 생크림을 층층이 순서대로 쌓은 이 디저트는 하찮기는커녕 각양각색 재료들이 하나로 섞이면서 내는 맛이 더없이 좋습니다. 금방 만들었을 때보다 하룻밤 정도 두었다가 먹을 때 촉촉한 스펀지케이크에 다른 재료들이 어우러지면서 한층 더 맛이 깊어지는 점도 매력입니다. 톰이 찾아낸 먹다 만 트라이플도 분명 촉촉하니 맛이 들었겠지요. 시간이 지날수록 맛이 풍부해지는 이 디저트는 미리 만들어 놓을 수 있어 손님 대접을 할 때도 든든한 아군입니다. 영국에서 맞벌이로 바쁜 친구 부부네에 놀러 갔을 때, 아름다운 트라이플이 마치 마법처럼 식탁에 등장한 데는 그런 비결이 숨어 있었습니다.

"그리고 이 문을 지나 톰이 정원에 들어왔습니다. 옛날엔 이리로 해서 밖으로 나갔는데 요즘은 닫아 놔 버렸어요." 피어스 씨가 가리킨 문은 담장 쪽의 울창한 녹색 잎에 파

＊ 에스파냐 남부에서 생산되는 백포도주. 식전주 가운데 최상급으로 꼽는다.

묻혀 있는 듯했습니다.

너르게 펼쳐진 잔디 건너로 집이 보이는 곳까지 와서 피어스 씨는 문득 회상했습니다. "여기서 바라보는 킹스 밀 하우스가 삽화 속 바솔로뮤 부인의 아파트처럼 생겼죠? 하지만 삽화는 이야기에 맞춰서 한 층 더 높은 3층 건물로 그렸어요." 이 삽화는 일본어판의 표지 그림(이 책 116쪽 참조)으로 쓰이기도 했습니다.

톰과 해티가 놀던 정원에는 잔디를 둘러싸듯 갖가지 빛깔의 풀꽃이 어우러져 피어 있었습니다. 사과, 자두, 배, 블랙베리 등 과일이 열리는 과수원도 있고 채마밭에는 루바브, 당근, 파 같은 것을 심어 놓았습니다.

루바브rhubarb는 비어트릭스 포터가 쓴 『오리 제미마 이야기』에도 나오듯 영국 가정에서 널리 재배하는 채소입니다. 커다란 잎사귀와 튼튼한 줄기가 언뜻 보면 머위와 아주 닮았는데, 그중 줄기 부분을 먹습니다. 중국에서는 대황大黃이라고 해서 오래전부터 소화제나 변비약으로 써 왔고, 유럽에서도 이를 차이니스 루바브라고 부르며 중국과 티베트로부터 수입하고 있습니다. 식용 품종은 가든 루바브라고 합니다. 영국에선 빅토리아 시대에 품종개량을 해서 보급되었기 때문에 '빅토리

유리그릇에 예쁘게
만들어 낸 트라이플
(왼쪽)
삽화로도 그려진 정
원 쪽 현관(오른쪽)

아'와 '프린스앨버트' 같은 품종이 생겨나기도 했습니다.

다만 루바브는 신맛이 강해서 설탕이 꼭 필요합니다. 일곱 바다를 제패한 영국이 동쪽에 있는 중국에서 홍차를 들여와 보급한 것과 마찬가지로, 당시 설탕이 많이 나던 서쪽 카리브해로부터 원래 비쌌던 설탕을 싼값에 많이 들여올 수 있었던 것도 루바브를 널리 재배해 먹게 된 요인 중 하나입니다. 루바브는 칼슘 흡수를 저해한다고 해서 영국 가정에서는 반드시 유제품과 함께 먹습니다. 그래서인지 커스터드 크림과 어우러진 루바브 타르트라든가, 부드럽게 삶은 루바브와 커스터드 크림을 섞은 풀fool이라는 디저트처럼 루바브 요리에는 우유와 생크림이 많이 쓰이죠.

"이 집을 내놓으면서 잊어버리지 말자고 생각한 게, 정원에 있는 모든 식물을 자세히 그린 노트를 만드는 일이었어요. 하지만 그럴 필요가 없었어요. 구석구석 전부 다 머릿속에 저장해 버렸으니까." 피어스 씨가 정원을 걸으며 오도카니 중얼거렸습니다. 다른 누구도 온전히 알 수 없을 정원과 피어스 씨만의 강한 유대감을 분명히 느낄 수 있는 말이었습니다.

정원의 한쪽 끝으로 캠강이 조용히, 이제는 움직이지 않는 물레방

도기 항아리처럼 생긴 촉성기는 루바브 차광재배에 쓰인다. 광합성을 막으면 붉은빛이 도는 연하고 부드러운 루바브가 자란다.

앗간 아래를 유유히 흐르고 있습니다. 톰과 해티는 얼어붙은 강 위로 스케이트를 타고 대성당으로 유명한 도시 일리Ely까지 갑니다. 두 사람이 대성당 탑 위에 올라가서 바라본 풍경을 저도 꼭 한번 보고 싶었습니다. 일리 주변 일대의 영국 동부는 해발고도가 겨우 2~6미터밖에 안 되는 저지대입니다. 탑 위에 올라가서 보니, 평지가 끝없이 멀리 펼쳐져 있고 그 가운데 선을 쓱 그어 놓은 것처럼 캠강이 흐르고 있습니다. 멈춤 없이 흐르고 변화하며 두 번 다시 같은 곳으로 돌아가지 않는 이 강의 흐름은 인생 그 자체 같습니다. 스케이트를 타고 언 강을 지친 해티는 이제 정원에서 놀던 어린 시절에 이별을 고하고 소녀에서 어른으로 성장합니다.

그런 해티의 모습은 분명 피어스 씨의 인생과도 겹치는 것 같습니다. 어릴 적의 나날을 보낸 정원, 그 보금자리를 벗어난 피어스 씨는 케임브리지대를 졸업하고 BBC에서 교육방송을 담당하다가 작가로 성공을 거두며 다시 옛 보금자리 근처로 돌아옵니다. 그사이에는 기쁜 일도, 또 슬픈 일도 이것저것 있었겠죠.

정원 산책을 마치고 피어스 씨가 혼자 살던 코티지로 돌아왔습니다. 주위로 한가득 밀밭이 펼쳐져 있고, 정원과 맞닿은 들판에서는 말이 풀을 뜯고, 캠강이 유유히 흐르는 한가로운 곳입니다.

피어스 씨가 좋아하는 박하와 세이지가 무성한 정원에는 그가 직접 구운 스펀지케이크와 홍차가 차려져 있었습니다. 골동품으로 보이는 예쁜 컵과 접시를 놓고 한 명 한 명에게 직접 케이크를 잘라 나눠 주고 홍차를 따라 주었지요. 케이크를 나누는 따뜻한 손, 찻잔을 건네주

1. 정원을 지나 흐르는 캠강
2·3. 일리 대성당과 탑 위에서 바라본 풍경
4. 필리파 피어스가 키우던 말들
5. 정원에서 티타임을 준비하는 필리파 피어스

던 다정한 시선, 온화한 목소리, 볼을 스치는 기분 좋은 바람……. 지금도 문득 피어스 씨와의 그 시간을 생각하곤 합니다.

피어스 씨가 세상을 떠난 지금에 와서 생각하니, 그 여름날 그 정원에서의 시간이 마치 톰의 꿈속에서 일어난 일 같습니다. 만일 다시 피어스 씨의 정원에 가 볼 수만 있다면, 다시 그날의 피어스 씨와 만날 수 있을 것 같은 기분마저 듭니다. 지금도 그곳에 변함없이 있을 정원은 더 이상 피어스 씨가 살던 그 정원이 아니겠지요. 하지만 저는 제 기억 속에 있는 피어스 씨의 정원을 앞으로도 몇 번이나 가게 될 겁니다.

'시간'은 사물과 인간을 모두 다 바꾸어 버립니다. (중략) 이야기 끝에서 톰은 바솔로뮤 할머니를 꼭 끌어안는데, 그건 할머니가 언제나 톰과 함께 놀기를 기다리던 그 소녀임을 깨달았기 때문입니다.

필리파 피어스는 에세이에 이렇게 썼습니다. 시간이 가져오는 변화를 직면하고 상대한 그이기에 이런 마지막 장면을 쓸 수 있었겠지요. 다른 누구도 아닌 자신을 위해, 사랑하는 정원을 위해 쓴 작품이기에. "할머니는 자기 안에 어린아이를 품고 있었다. 우리는 모두, 자기 안에 어린아이를 품고 있다." 차츰 나이를 먹어 갈수록 필리파 피어스의 이 말이 가슴으로 다가옵니다. 🍎

우울한 마음을 환히 밝히는 가정의 맛

스콘

재료 지름 5cm 국화 모양 틀 6~7개분

박력분 200g(통밀가루 100g과 박력분 100g을 섞어서 사용해도 바삭하니 맛있다), 베이킹파우더(알루미늄 성분이 없는 게 좋다) 2작은술, 소금 한 자밤, 무염 버터 50g, 백설탕 1큰술, 달걀 1개, 우유 100ml 정도

1   오븐은 200~220도로 예열한다. 박력분, 베이킹파우더, 소금을 섞어 체에 내린다.

2   작게 잘라 냉장고에 차게 보관해 둔 버터를 1에 넣고 손가락 끝으로 비벼 가며 섞는다. 부슬부슬한 빵가루처럼 되면 백설탕을 섞는다.

3   계량컵에 달걀을 풀고 우유를 더해서 100ml 분량을 만든다. 2의 볼에 이것을 붓고 고무 주걱으로 자르듯이 섞어서 한 덩어리로 만든다.

4   반죽이 달라붙지 않도록 밀가루(강력분)를 작업대 위에 뿌린다. 반죽을 가볍게 주무른 뒤 밀대나 손바닥으로 2cm 정도 두께로 펴서 국화 모양 틀(안쪽에 강력분을 뿌리면 좋다)로 찍는다. 철판에 올린 뒤 윗면에 붓으로 우유를 바르되 옆으로 흐르지 않도록 주의한다.(옆면에 묻으면 부푸는 데 방해가 된다.)

5   예열해 둔 오븐에 넣고 8~9분 굽는다. 따뜻할 때 클로티드 크림과 잼을 발라 먹는다.

제비호와
아마존호

엄마가 된 제게
워커가 아이들의 어머니는
동경의 대상이었습니다.
아이들이 하고 싶어 하는 걸 금지하는 대신
그 마음을 존중해 함께 즐겁게 놀고
뒤에서 조용히 돕기도 하는
그 따뜻한 시선이 좋았습니다.

다정한 어른들과
용감한 아이들의
여름낙원

『제비호와 아마존호』
SWALLOWS AND AMAZONS, 1930

아서 랜섬(Arthur Ransome) 쓰고 그림

워커가의 네 남매는 작은 범선 제비호를 몰고 무인도로 떠나 저희끼리 지내 보기로 합니다. 호수를 탐험하고 아마존 해적과 대결하며 자연 속에서 노니는 아이들의 즐거움이 가득한 모험 이야기.

＊ 일본어판 진구 데루오(神宮輝夫) 번역(이와나미소년문고, 2010)

『제비호와 아마존호』의 세계가 정말로 그곳에 있었습니다. 집들이 줄 줄이 늘어선 뱅크 그라운드 팜Bank Ground Farm에서 저는 완만하게 경 사진 초록색 초원을 등지고서 가만히, 반짝반짝 빛나는 호수 코니스턴 워터Coniston Water의 수면을 바라보았습니다. 멀리 바람에 돛을 나부끼 며 나아가는 요트가 보였습니다. 네 남매의 어머니도 분명 이 호숫가에 서 아기를 안고 제비호를 향해 손을 흔들었을 겁니다. 제비호에는 이제 부터 모험을 떠나고자 힘차게 손을 흔드는 아이들의 웃음 띤 얼굴이 있 었을 테고요. 『제비호와 아마존호』로 시작하는 열두 권의 시리즈를 통 해 아서 랜섬은 긴 방학을 한껏 즐기는 아이들의 모습을 생생하게 그려 냈습니다.

『제비호와 아마존호』의 주인공은 워커Walker가의 네 남매인 존, 수 전, 티티, 로저입니다. 네 남매와 그들의 어머니, 그리고 아직 아기인 위 키와 유모가 함께 여름방학을 보낸 홀리 하우Holly Howe는 레이크디스 트릭트의 코니스턴 워터 북동쪽에 있는 뱅크 그라운드 팜을 모델로 하 고 있습니다. 실제로 랜섬도 이야기 초안에선 '홀리 하우'가 아니라 '뱅 크 그라운드'라고 썼다죠.

저는 이전까지 레이크디스트릭트에 가면 주로 비어트릭스 포터의 발자취를 따라다니는 데 집중했습니다. 하지만 그해엔 홀리 하우의 모 델이 된 농장에 머물기 위해 코니스턴 워터를 찾았습니다. 딸이 더 크 기 전에 『제비호와 아마존호』의 무대를 체험하게끔 하고 싶은 마음도 컸습니다. 엄마가 된 제게 워커가 아이들의 어머니는 동경의 대상이었 습니다. 아이들이 하고 싶어 하는 일을 금지하는 대신 그 마음을 존중해 함께 즐겁게 놀고 뒤에서 조용히 돕기도 하는 그 따뜻한 시선이 좋았습니다. 그들의 '어머니'에는 미치지 못해도, 저 또한 외동딸이 형제자매 같은 또래 친구들과 함께 자연 속에서 시간을 보내는 즐거움을 직접 겪고 깨달았으면 좋겠다고 생각했습니다. 일과가 자유롭고 자연 가까이 있는 유치원을 고른 것도, 야영이나 스키 같은 야외 활동에 보낸 것도, 앗 하는 사이에 지나가 버릴 마법 같은 어린 시절의 즐거움을 마음속 깊이 간직한 채로 성장했으면 하는 바람 때문이었습니다. 그 마음은 분명 아이들을 바라보는 이야기 속 '어머니'의 마음과도 같으리라 생각합니다. 딸이 아직 어릴 때 제비호 아이들 같은 경험을 조금이라도 맛보게 해야겠다는 생각으로 그곳에 갔습니다.

코니스턴 워터가 내려다보이는 약간 높은 언덕 위의 차도 옆에 농장 간판이 있었습니다. 이 간판이 없었다면 분명 그냥 지나쳐 버렸을 겁니다. 입구에서 초록빛 풀숲으로 난 언덕길을 내려가면 숙소가 눈에 들어옵니다. 그 맞은편으로 코니스턴 워터의 수면이 여름 햇살을 받아 반짝이고 있었습니다. 그리고 '올드먼'Old Man 언덕도 아름답게 솟아 있었습니다. 아주 높은 산이 없는 레이크디스트릭트에서 해발 803미터의 올드먼은 도드라지게 늠름한 모습으로 호수를 내려다봅니다.

L자형으로 생긴 숙소 건물의 본관은 아침 식사를 제공하는 민박으로 운영 중이고, 별채로 된 코티지에는 주 단위로 머무르는 장기 투숙객을 받고 있습니다. 제가 도착할 무렵에는 티타임이 막 끝나 가고 있었습니다. 이 농장은 주말 한정으로 정원 찻집을 여는데, 시중 찻집과는 전혀 다르게 근처에 사는 솜씨 뛰어난 부인이 구운 과자를 맛볼 수 있

뱅크 그라운드 팜 입구에서 바라본 숙소 건물과 코니스턴 워터(위)
이 지역 도보 여행의 거점이 되는 코니스턴 워터와 올드먼 언덕(아래)

는 등 가정적인 분위기가 좋았습니다.

보트의 가로대thwart 아래엔 양쪽으로 커다란 비스킷 통이 있었고 그 안에
는 빵, 설탕, 비스킷, 콘드비프 통조림, 정어리 통조림, 깨지지 않게 하나하
나 싼 달걀들이 잔뜩, 그리고 커다란 시드 케이크도 하나 들어 있었습니다.

　제비호의 아이들은 이 홀리 하우에서 보트를 타고 살쾡이섬이라 이
름 붙인 곳까지 가서 저희끼리 텐트를 치고 일주일 동안 지낼 계획을
세웁니다.
　아이들이 보트에 실어 둔 식량 가운데 시드 케이크가 있다는 게 저
는 무엇보다 마음에 들었습니다. 일찍이 영국의 지인 댁에서 시드 케이
크를 맛본 뒤로 최근엔 찻집에서도 이 디저트를 도통 볼 일이 없게 된 터
라 더욱 마음이 끌리더군요. "이전에는 영국에서 널리 사랑받았지만 이
제는 유행이 지나 좀처럼 만들지 않는 희귀한 케이크가 되었다." 제가
신뢰하는 『옥스퍼드 음식 안내서』에서조차 이렇게 말할 정도입니다. 그
런 시드 케이크가 이 책에는 몇 번이나 더 등장합니다.
　시드 케이크의 '시드'seed는 허브의 일종인 캐러웨이caraway 시드 입
니다. 사우어크라우트Sauerkraut** 나 검은 빵 등에 넣는 경우가 많으니
먹어 본 분도 있겠지요. 시드 케이크는 플레
인 버터케이크에 이 캐러웨이 시드를 넣은 소
박한 케이크입니다. 듬뿍 넣은 버터의 풍미
와, 씹으면 저릿하게 혀끝을 쏘는 독특하고

　＊ 관습적으로 시드, 즉 씨앗
이라고 부르지만 실제로는 열
매다.
　＊＊ 독일식 양배추 절임.

강한 향의 캐러웨이 시드가 묘하게 조화를 이루지요. 그런데 오래된 것을 사랑하는 영국에서도 이미 시대에 뒤처진 맛이 되었다니요.

최근에는 시드라고 하면 양귀비 씨앗을 가리키는 경우가 많아졌습니다. 하지만 17세기부터 20세기 중반까지는 캐러웨이 시드가 사랑받아 케이크뿐만 아니라 빵이나 비스킷에도 널리 쓰였습니다. 일찍이 보리 파종을 순조롭게 마친 봄이면 이를 축하하는 자잘한 축제들이 열렸습니다. 이때 파종하느라 애쓴 노동자들에게 보리 이삭과 닮은 캐러웨이 시드가 들어간 시드 케이크와 에일 맥주를 대접했습니다. 가을 수확제 때도 마찬가지였습니다.

시드 케이크는 『제비호와 아마존호』 말고도 다양한 이야기에 등장합니다. 조이스 L. 브리슬리Joyce L. Brisley가 쓴 『밀리몰리맨디 이야기』(1928)에서는 주인공인 작은 여자아이 밀리몰리맨디가 머긴스 아주머니에게 심부름 삯으로 시드 케이크 한 조각을 받습니다. 또 비어트릭스 포터가 쓴 『토드 아저씨 이야기』(1912)에서도 피터 래빗의 숙부 바운서씨가 숲에서 만난 오소리 토미에게 시드 케이크와 카우슬립 와인을 대접하고 싶다고 말합니다. 또 포터는 『진저와 피클 이야기』(1909)에선 캐러웨이 시드를 넣은 과자빵인 시드 위그스seed wigs도 등장시켰습니다. 레이크디스트릭트에는 크리스마스에 이 위그스라는 과자빵과 엘더플라워elderflower(딱총나무꽃)로 만든 와인을 즐기는 전통이 있다고 합니다. 또 애거서 크리스티의 추리

1·2. 뱅크 그라운드 팜의 찻집 간판과 다과
3·4. 뱅크 그라운드 팜 선착장
5. 캐러웨이 시드가 콕콕 박혀 있는 시드 케이크
6. 아마존호의 낸시가 '자메이카 럼'이라고 부르던 레모네이드. 시드 케이크와 더불어 영국의 여름을 한껏 담은 맛이다.

소설 『버트램 호텔에서』[(1965)]를 보면 미스 마플이 호텔 티타임에 시드 케이크를 주문하는 장면이 나옵니다. "제대로 된 시드 케이크가 맞겠죠?" 하고 웨이터에게 거듭 확인하는데, 정말 캐러웨이 시드를 넣었는지를 물어본 것 같습니다. 시드 케이크라고 하고서 건포도를 넣는 경우도 있으니까요. 이렇게 보면 시드 케이크는 몇십 년 전까지만 해도 지금보다 일상적으로 즐기는 간식이었다는 걸 짐작할 수 있습니다.

"다들 먹어 보자."
플린트 선장이 말하자 모두 모여들었고, 이렇게 파티가 시작되었습니다. 플린트 선장은 한껏 수완을 부려 리오에서만큼이나 최상품들을 내놓았습니다. 딸기 아이스크림, 파킨parkin, 배스 번bath bun, 록 케이크rock cake, 생강 쿠키, 초콜릿 비스킷 같은 것들이었습니다. 우선 샌드위치가 산처럼 쌓여 있었습니다. 그리고 종이 포장지로 싸 놓은 케이크가 하나 있었습니다. 포장지를 벗겨 내자, 케이크에는 분홍색과 흰색 설탕으로 장식한 두 척의 작은 배가 그려져 있었습니다.

생강 빵의 일종인 파킨(왼쪽)과 로마 시대 온천으로 유명한 배스의 전통 빵 배스 번(오른쪽)

제비호와 아마존호에 투항한 플린트 선장이 아이들을 위해 파티를 열어 주는 내용입니다. 맛있을 것 같은 과자가 줄줄이 등장하는 매력적인 장면이지요. 이후 아이들은 도둑이 훔쳐다가 숨겨 놓은 플린트 선장의 소중한 원고를 되찾는 데 큰 역할을 합니다.

'리오'는 윈더미어호 지역의 중심지인 보네스온윈더미어Bowness-on-Windermere를 가리킵니다. 늘 사람이 많고 번화한 것이 리오(리우) 카니발이 열리는 남아메리카의 리우데자네이루와 비슷하다고 해서 랜섬이 붙인 지명입니다. 그 리오에서 구할 수 있는 최상품 음식 중 하나인 록 케이크는 육두구와 각종 향신료가 들어간 것이 특징이며 이름처럼 표면이 울퉁불퉁한 바위처럼 생겼습니다. 영국 과자는 단순하게 구우면서도 향신료를 듬뿍듬뿍 넣어 향이 풍부하다는 특징이 있습니다. 물자가 빠듯하던 제2차 세계대전 시절에 영국 정부에서 다른 케이크보다 달걀이나 설탕이 적게 들어가는 록 케이크를 많이 먹자고 권장하면서 록 케이크가 전국적으로 퍼지게 되었다고 합니다. 전쟁 중에는 박력분보다 구하기 쉬운 오트밀이 많이 쓰였습니다. 오트밀로 만들면 반죽이 더 거칠어져 이름에 걸맞은 록 케이크가 나온다는 점에서는 안성맞춤이기도 합니다.

록 케이크

J. K. 롤링의 『해리 포터와 마법사의 돌』에서는 해리와 친구들이 해그리드의 오두막을 처음 방문했을 때 록 케이크를 대접받습니다. 해그리드가 직접 만들면 진짜 돌덩이처럼 딱딱한 록 케이크가 돼 버린다나요.

1958년에 아서 랜섬은 『제비호와 아마존호』가 어떻게 탄생하게 되었는지에 관해 이렇게 썼습니다.

지금까지도 어떻게 『제비호와 아마존호』를 쓰게 되었느냐는 질문을 받곤 해요. 그러면 저는 아주아주 옛날 어린 시절에 형제자매들과 코니스턴 워터 남단에 있는 농장에서 보낸 휴가에서 시작되었다고 대답합니다. 우리는 호수에서 놀면서 주변 언덕의 농부들, 양치기들과 친구가 되었고 호숫가에서 연기를 피우는 탄광의 광부들과도 친구가 되었습니다. 우리는 이곳을 사랑했습니다.

랜섬의 아버지와 할아버지는 모두 레이크디스트릭트 출신입니다. 그의 아버지는 태어난 지 몇 주밖에 안 된 랜섬을 업고 올드먼 정상까지 올라가기도 했답니다. 지금은 리즈대학이 된 학교의 역사 교수였던 아버지는 그 지역을 사랑하는 자연주의자이자 낚시를 무엇보다도 좋아하는 전원 애호가였습니다. 일곱 살 때부터 아버지를 여읜 열세 살 때까지 랜섬은 긴 여름방학을 코니스턴 워터 근처에 있는 스웨인슨 농장에서 보냈습니다.

이곳을 '마법의 장소'라 불렀던 그의 가족 모두가 여름방학 세 달간은 온전히 레이크디스트릭트 주민이었던 셈입니다. 아버지는 낚시를 즐

올드먼에서 바라본 코니스턴 워터

기고 어머니는 수채화를 그렸습니다. 아서 랜섬을 비롯한 네 명의 아이들에게는 그곳이 바로 자유로운 낙원이었습니다. 아이들끼리 필섬Peel Island까지 배를 타고 가서 피크닉을 즐기기도 하고, 그곳에 사는 동물들을 비롯해 우체부, 사냥터지기, 숯 굽는 사람, 어부 등 여러 주민들과 깊은 교류를 맺었습니다. 건초 만드는 걸 돕기도 하고, 우유로 버터를 만들기도 하고, 활어조에 송어를 잡아 두기도 하며 그곳이 아니면 할 수 없는 전원생활을 만끽했습니다.

어린 시절 경험한 이곳의 생활은 평생 랜섬의 이상으로 자리 잡았습니다. 당시 뱅크 그라운드 팜 바로 위에는 콜링우드 가족이 살고 있었

습니다. 로빈, 도라, 바버라 등 또래였던 이 집안 아이들과 아서 랜섬의
교류는 이후로도 오래 이어졌습니다. 랜섬이 바버라와 도라 두 사람에
게 청혼했다가 거절당한 일도 있습니다. 그 후 랜섬은 아이비라는 여성
과 만나 결혼하고 딸을 낳았습니다. 아이비와 헤어지고 러시아에서 기
자로 활동하다 만난 예브게니아와 재혼한 뒤로는 늘 그리던 레이크디
스트릭트에서 살았습니다.

  그러다 1928년, 소꿉친구 도라가 자기 가족과 함께 뱅크 그라운드
팜에 와 1년간 머문 일을 계기로 랜섬은 어린 시절 추억을 다시 떠올리
게 됩니다. 두 집안의 아이들은 곧 친해져서 코니스턴 워터에서 함께
'제비호'라 이름 붙인 보트를 타며 낚시를 즐겼습니다. 도라의 가족이
시리아로 돌아가자, 랜섬은 그들과 함께한 즐거운 기억을 책으로 써서
도라네 아이들에게 보내야겠다고 생각했습니다. 오랜만에 깨어난 어린
시절의 추억이 더해지면서 비로소 『제비호와 아마존호』의 세계가 태어
난 것입니다. 당시 랜섬은 벌써 45세였습니다.

  『제비호와 아마존호』에서 이어지는 시리즈 네 번째 작품 『겨울방
학』Winter Holiday(1933)은 랜섬이 1931년에 도라의 남편 어니스트 알투니
언Ernest Altounyan과 함께 요트를 타고 가로질렀던 노퍽브로즈Norfolk
Broads를 무대로 펼쳐집니다. 랜섬과 알투니언은 몇 번이나 함께 보트를
타곤 했으며, 랜섬은 지인에게 보내는 편지에 "어니스트 알투니언은 브
로즈의 위대한 뱃사람이야. 브로즈에 관한 책도 많이 갖고 있지."라고
쓰기도 했습니다.

  저는 랜섬의 이야기와 배를 더없이 사랑하는 남편 친구의 가족과

1. 호수에서 즐겁게 보트를 타는 가족
2. 호숫가에서 바라본 뱅크 그라운드 팜의 숙소
3. 면허 없이도 보트 여행을 할 수 있는 노퍽브로즈
4. 노퍽브로즈에서 요트를 즐기는 모습

『검둥오리 클럽』에 나오는 퍼브 '백조 여관'

함께 노퍽브로즈를 보트로 여행한 적이 있습니다. 우리는 아침 일찍 런던을 출발해 고속도로를 타고 북쪽을 향해 달렸습니다. 목적지는 렉섬 Wrexham. 여기서 보트를 빌려 뷰어Bure강을 타고 호수와 늪지대를 둘러보자는 계획이었습니다. 노퍽브로즈에서는 엔진이 달린 훌륭한 보트를 면허 없이도 탈 수 있습니다.

배는 통통 소리를 내며 미끄러지듯 나아갑니다. 짚으로 인 지붕을 색색으로 칠한 코티지가 강을 따라 늘어서 있고, 긴 의자에 누워 일광욕하는 사람들이 보트를 향해 웃으며 손을 흔들어 줍니다. 보트 뒤로는 시리즈 다섯 번째 작품(『검둥오리 클럽』*Coot Club*, 1934)의 제목에도 나오는 검둥오리가 흑백 얼룩무늬 머리를 물속에 넣었다 뺐다 하면서 잔뜩 애교를 부리며 다가옵니다. 이야기 속의 아이들은 이 검둥오리를 지키기 위해 노퍽브로즈를 무대로 보트를 타고 활약하지요.

　도중에 점심을 먹기 위해 배를 세운 곳은 강변에 서 있는 '백조 여관'The Swan Inn 퍼브였습니다. 책 속 삽화에 담긴 모습 그대로였지요. 우리는 백조 여관 옆에 있는 찻집에 들어갔는데, 거기서 우리처럼 이야기의 배경이 된 이곳을 보기 위해 나선 영국인 가족과 만났습니다.

　"우리도 어린 시절에 한껏 몰입해서 읽었어요. 다 읽고 나서 작가 랜섬 씨에게 편지를 썼더니, 정말 답장이 온 거예요. 그래서 이 이야기가 더욱더 좋아져 버렸답니다. 어린이의 마음을 소중히 생각하는 사람이라 그런 이야기를 쓸 수 있었던 거겠죠."

　이런 사연을 들려준, 한때는 소녀였던 할머니는 어린 손주들에게 『검둥오리 클럽』의 한 구절을 읽어 주고 있었습니다. 아이들이 귀 기울여 열심히 듣는 모습에 절로 미소가 지어졌습니다. 이렇듯 일상 속에서 이야기의 세계와 만날 수 있는 이 아이들의 삶이 얼마나 풍요롭고 행복한지도 생각했지요. 랜섬의 이야기 세계는 지금도 우리 삶 속에 살아 숨 쉬고 있습니다. 🍎

모험처럼 짜릿하고 여름방학처럼 반가운 맛

시드 케이크

재료 약 1,000ml 도넛 모양 케이크 틀* 1개분

무염 버터 170g, 백설탕 170g, 달걀(중란이나 대란) 3개, 박력분 150g, 베이킹파우더(알루미늄 성분이 없는 게 좋다) 1작은술, 소금 한 자밤, 아몬드가루 40g, 캐러웨이 시드 1작은술, 우유 약간

---

1   틀에다 베이킹 시트를 깐다. 오븐은 170도로 예열해 둔다.

2   실온에서 녹인 버터와 백설탕을 볼에 넣고 핸드 믹서나 거품기로 젓는다.

3   달걀을 잘 풀어 2에 조금씩 부으며 더 힘껏 젓는다.

4   아몬드가루를 체에 친 것, 박력분과 베이킹파우더, 소금을 넣고 체에 친 것, 캐러웨이 시드까지 모두 3에 넣고 고무 주걱으로 자르듯이 섞는다. 반죽이 너무 되면 우유를 1~2큰술 정도 넣어 조절한다.

5   준비한 틀에 반죽을 붓고 예열한 오븐에서 40분 정도 굽는다. 가운데를 나무 꼬챙이로 찔러 반죽이 묻어 나지 않을 정도로 구워지면 오븐에서 꺼내 한 김 식힌 뒤 틀에서 빼낸다.

    ＊ 파운드케이크 틀, 원형 틀 등 자신이 원하는 모양의 틀에 구워도 좋다.

사과밭의
마틴 피핀

자신에게 친숙한 땅,

그곳의 현실을 무대로 삼아

작가는 판타지를 만들어 나갑니다.

베 짜기로 비유하자면

실제 세계라는 현실의 날실에

판타지라는 씨실로

공상의 세계를 짜 내려가는 것이죠.

현실과 환상은

그야말로 '떼려야 뗄 수 없는' 관계입니다.

구운 사과는
사랑의 맛

『사과밭의 마틴 피핀』

MARTIN PIPPIN IN THE APPLE ORCHARD, 1921

엘리너 파전(Eleanor Farjeon) 지음 | 리처드 케네디(Richard Kennedy) 그림

연인과 강제로 헤어져 감금된 소녀 질리언을 여섯 처녀가 감시하며 지키고 있습니다. 음유시인 마틴 피핀은 처녀들에게 환상적인 사랑 이야기를 들려주며 질리언을 풀어 줄 열쇠를 손에 넣습니다.

＊ 일본어판 이시이 모모코 번역(이와나미소년문고, 1972)

저는 언젠가 '마틴 피핀'의 땅에 가 보고 싶다는 꿈을 몇 년 동안이나 마음속으로만 그려 왔습니다. 어른이 되어 읽은 『사과밭의 마틴 피핀』과 『데이지 들판의 마틴 피핀』*Martin Pippin in the Daisy Field*(1937)은 그런 꿈을 꾸지 않고는 배길 수 없을 만큼 영국의 향기와 정취가 넘치는 이야기였습니다.

엘리너 파전은 20세기 전반에 여러 동시와 단편집을 발표하며 영국의 안데르센이라 불렸고, 『사과밭의 마틴 피핀』을 통해 작가로서 이름을 굳혔습니다. 작품은 제목처럼 영국 남부에 펼쳐진 서식스의 사과밭을 무대로 합니다.

농민의 딸 질리언Gillian은 사랑에 빠진 소녀입니다. 그런데 아버지는 애인을 잊으라며 딸을 우물집에 가두어 버립니다. 하지만 연인을 향한 마음이 가라앉기는커녕 넘쳐흘러 질리언은 눈물만 쏟아 냅니다. 남자가 싫고 결혼하지 않겠다고 선언한 여섯 처녀가 우물집 열쇠를 하나씩 나눠 갖고 그곳을 지키고 서 있습니다. 마침 지나가던 행상 집시가 사랑 때문에 괴로울 때는 지금까지 들어본 적 없는 사랑 이야기를 들려주는 게 제일이라고 귀띔합니다. 그러자 처녀들은 길을 가던 젊은 음유

서식스주의 사과밭과 사과꽃

사과밭을 지나던
행상 집시가 보여 주는
향수, 리본, 구슬 머리핀 등에
흥미를 보이는 처녀들

시인 마틴 피핀을 사과밭으로 불러들여 사랑 이야기를 해 달라고 부탁합니다. 마틴 피핀이 이야기를 하나씩 마칠 때마다 처녀들은 자기가 좋아하는 사과를 따서 베어 먹습니다. 이렇게 사과를 먹는 장면으로 한숨씩 쉬어 가며 이야기가 진행됩니다. 마틴 피핀은 이미 서식스주 애드버세인Adversane 마을 부근을 돌아다니던 중에 질리언을 그리워하는 청년 로빈 루Robin Rue를 만났습니다. 그는 애타게 눈물만 흘리며 귀리 씨앗을 뿌리고 있었습니다.

　파전에 따르면, 이 책은 애초에 어른을 위한 사랑 이야기였다고 합니다. 분명 어린이도 읽고 이해할 수는 있겠지만 동화라고 부를 수 있을지 고개를 갸웃거리게 하는 지점이 많습니다. 사실 마틴 피핀 이야기는 파전이 제1차 세계대전 당시 전쟁터에 나간 어느 젊은 군인에게 보내준 것으로, 원래부터 아이가 아니라 서른 살 남성을 독자로 놓고 쓴 이야기였습니다. 그 편지 속 이야기가 전쟁이 끝나고 3년이 지난 뒤 『사과밭의 마틴 피핀』이라는 한 권의 책으로 만들어졌습니다.

왜 하필 서식스가 무대였을까요? 파전이 이야기를 써 보낸 군인이 출정하기 전엔 서식스주에서 학교장을 지냈다고 합니다. 게다가 서식스는 파전 자신도 좋아하던 지역이었습니다. 두 사람에게 아주 친숙한 지명들을 넣어서 이야기를 만든 것이지요.

『사과밭의 마틴 피핀』을 번역한 이시이 모모코는 작품의 무대인 서식스를 여행한 이야기를 『아동문학 여행』(1981)이라는 책에 썼습니다. 이야기에 나오는 장소들을 직접 다닌 경험이 세세하고 구체적으로 그려져 있어, 영국을 좋아하고 『사과밭의 마틴 피핀』의 매력에 빠져든 이들에게 딱 맞는 가이드북이기도 합니다.

읽으면 읽을수록 이 두 작가(비어트릭스 포터와 엘리너 파전)의 작품이 그 풍토와 떼려야 뗄 수 없이 밀착되어 있다는 사실에 놀랐다. 나는 내 나름의 방식으로 그 작품들을 탄생시킨 장소들을 직접 걷고 싶었다.

이시이 모모코는 바로 영국동화의 '풍토성'에 대해 말하고 있습니다. 자신에게 친숙한 땅, 그곳의 현실을 무대로 삼아 작가는 판타지를 만들어 나갑니다. 베 짜기로 비유하자면 실제 세계라는 현실의 날실에 판타지라는 씨실로 공상의 세계를 짜 내려가는 것이죠. 현실과 환상은 그야말로 '떼려야 뗄 수 없는' 관계입니다.

바로 그런 이유로, 작가가 작품에 담은 마음이 강하면 강할수록 독자는 그러한 판타지를 탄생시킨 무대가 어떤 곳인지 자기 눈으로 확인하고 싶어지는 게 아닐까요? 저도 이 작가들에게 매료되어 두 사람의 발자취를 따르듯 오랜 기간에 걸쳐 영국을 꽤 많이 여행해 왔습니다.

풍토성에 더해 파전의 작품 세계를 형성한 커다란 요소는 가정환경이었습니다. 파전은 후기 빅토리아 시대 저널리스트이자 대중작가였던 아버지와 유명 배우의 딸인 미국인 어머니 사이에서 태어나 오빠, 그리고 두 명의 남동생과 함께 자랐습니다. 아버지의 방대한 장서, 집에 모인 예술가들과의 대화, 그리고 장남 해리가 통솔하는 왕국이었던 '아이들 방'이 학교를 대신하는 파전의 세계였습니다. 그중에서도 여섯 살 터울인 오빠 해리와는 한 몸이라고 할 만큼 유대가 강했습니다. 특히 '타'TAR라고 하는 둘만의 놀이 세계가 있었는데, "테시와 랄프로 변신!"Tessy-and-Ralph!이라는 구호의 머리글자로, 각자가 책이나 극에서 고른 등장인물이 되어 한껏 몰입해 연기하는 놀이였습니다. 이 놀이에 대한 파전 남매의 애착은 상식을 뛰어넘을 정도였습니다. 엘리너가 다섯 살 되던 해부터 시작한 이 놀이에 이윽고 동생들도 가세했고, 심지어는 20여 년이라는 오랜 시간 동안 놀이가 이어졌답니다. 얼마나 매혹적인 놀이였는지 두 사람이 어른이 되어서도 그만둘 수 없었다고 하네요.

자서전에 따르면, 파전은 이렇게 여러 가지 역할을 맡아 연기를 하면서 말이 흘러넘치듯 나오는 재능을 갖게 되었다고 합니다. 그 때문에 글을 쓰는 게 더없는 낙이었다지요.

해리가 왕립음악원에 입학하면서 마침내 '타' 놀이는 완전히 끝이 납니다. 집에 남겨진 엘리너는 해리가 없는 공허감에 아무것도 손에 잡히지 않는 상태에 빠졌습니다. 이후 해리는 재능을 인정받아 왕립음악원의 최연소 교수로 임명되었습니다. 반면 엘리너는 어릴 적부터 아버지의 타자기로 시와 이야기를 썼으나, 서른을 앞두고도 여전히 문학의 길목에서 더듬거리는 상태였습니다. 파전은 한동안 정신연령이 지나치게 낮다는 소리를 들을 정도로 실생활에 상식적으로 적응하지 못했습니다. 해리와 함께한 공상 속 세계가 현실보다 풍요로웠던 탓이지요.

그러던 중 엘리너는 에드워드 토머스Edward Thomas라는 유부남 시인과 연애를 하게 됩니다. 처자식이 있는 토머스와의 관계는 파전에게 분명 현실을 깨닫게 하는 커다란 계기가 되었을 것입니다. 에드워드 토머스는 제1차 세계대전에서 전사했고, 그의 첫 시집은 사후 3년이 지나 파전과 다른 친구들의 교열을 거쳐 출판되었습니다. 이듬해인 1921년에 이 『사과밭의 마틴 피핀』이 출판되었지요. 그렇게 파전의 작품이 차츰 세상에 나오게 됩니다.

제가 살던 윔블던은 런던 시내에서도 남쪽이라 서식스로 가려면 곧장 남쪽으로 더 내려가기만 하면 되었습니다. 오랫동안 마음속에 품고만 있던 꿈의 장소가 의외로 가까운 곳에 있었던 거죠. 그곳에 가면 마틴 피핀이 류트 를 들고 나타날 것만 같은 사과밭이 지금도 여기저기 보입니다. 그것만으로도 파전의 이야기 세계에 들어와 있는 기분이 들지요.

 18세기 이전까지 유럽에서 널리 연주했던 발현악기. 비파나 만돌린과 비슷하게 생겼다.

1. 열매가 주렁주렁 달린 사과나무
2. 사과의 원종인 크랩애플 나무
3. 대표적인 요리용 사과인 브램리
4. 야외 가판대에서 판매 중인 브램리
5. 통째로 베어 먹기 딱 좋은 크기의 콕스오렌지피핀

『사과밭의 마틴 피핀』에는 다양한 사과 품종이 등장합니다. 가장 어린 존Joan이 좋아하는 사과는 콕스오렌지피핀Cox's Orange Pippin, 조이스는 뷰티오브배스Beauty of Bath, 제니퍼는 우스터페어메인Worcester pearmain, 제시카는 컬테일Curl Tail, 제인은 러셋Russet, 조슬린이 좋아하는 건 킹오브더피핀스King of the Pippins. 모두 지금도 존재하는 사과 품종입니다.

특히 콕스오렌지피핀은 영국인들이 가장 좋아하는 품종으로, 알이 작고 새빨갛습니다. 씹으면 아삭한 식감에 달고도 새콤한 맛이 참으로 사과 본연의 야생적인 매력을 느끼게 합니다. 영국에서 가장 많이 먹고 널리 퍼진 품종이라지요. 걸어 다니며 통째로 베어 먹는 사과로도 인기입니다. 뷰티오브배스는 1864년에 조지 쿨링George Cooling이 개발한 품종으로 1887년 왕립원예협회에서 1등급을 받았습니다. 우스터페어메인은 우스터주에서 만들어진 품종으로 열매가 부드럽고 달콤하며 딸기 향이 난다고 합니다. 컬테일은 서리주에서 생겨난 품종으로 두둑한 꼭지 부분이 마치 꼬리처럼 말려 있는 게 특징입니다. 러셋은 황갈색 껍질이 특징으로, 견과류 같은 맛이 돈다고 해서 사과 애호가들에게 인기가 많습니다. 킹오브더피핀스는 18세기 프랑스에서 나온 렌데레네트Reine des Reinettes종에서 파생되었으며, 빅토리아 시대 이후 영국에서 많이 재배했습니다. 영국인에게 친숙한, 없어선 안 될 사과 품종들을 이야기에 모두 등장시킨 셈입니다.

영국에서 남자아이에게 흔히 붙이는 이름인 '피핀'은 접목이 아니라 종자를 통해 생겨난 사과 품종을 가리킵니다. 그래서 파전이 젊은 남자 음유시인에게 '마틴 피핀'이라는 이름을 붙여 준 게 아닐까요? 사과밭에서 젊은 처녀들에게 이야기를 들려주는 인물의 이름으로 제격이라 생각했을 겁니다.

사과의 원산지는 중앙아시아 카자흐스탄 부근입니다. 전 세계적으로 7,000~8,000여 종이 있다고 하는데, 그중 재배할 가치가 있다고 인정받은 사과 품종은 아주 일부죠.

사과의 조상이라고 하면 역시 성경에 나오는 인류 최초의 과일, 에덴동산에서 아담과 이브가 먹었다는 금단의 열매일까요? 영국 사과의 시초는 사과의 원종쯤 되는 작은 야생 능금인 크랩애플crab apple로 지금도 재배되고 있지요. 어느 영국 가정에서 크랩애플로 만든 젤리를 맛본 적이 있는데 맛이 진하고 좋았습니다. 로마인들이 정복하기 전부터 영국 땅에는 이 야생 능금이 자라고 있었습니다. 이후 "이상적인 식사는 달걀로 시작해 사과로 끝난다"고 할 정도로 사과를 각별히 좋아한 고대 로마인들이 로마에서 개량한 맛있는 식용 사과를 영국 땅에도 심었습니다.

19세기에는 식물학자인 토머스 A. 나이트Thomas A. Knight가 꽃가루받이를 이용해 접본接本에서 사과를 재배하는 획기적인 방법을 발견했습니다. 이때부터 영국 원예가들은 전문가와 비전문가를 가리지 않고 사과 육종에 열의를 불태우기 시작했습니다. 사과는 같은 품종의 꽃가루로는 열매를 맺지 못하므로 서로 다른 품종의 꽃가루를 꽃에 묻혀 주어야 합니다.

일본에서는 메이지 시대에 와서야 사과를 재배하기 시작했는데, 주로 생식용으로 달고 큰 사과를 선호합니다. 반면 영국에서는 요리나 과자에도 사과가 폭넓게 쓰이고 불에 익혀 먹기도 해서, 브램리(정식 이름은 브램리스 시들링Bramley's Seedling)로 대표되는 요리용 사과도 널리 재배합니다. 브램리는 200여 년 전에 노팅엄주 사우스웰이라는 작은 마을에서 처음 재배한 사과입니다. 신맛이 강하고 가열하면 거의 녹듯이 부드러워지는 게 특징이라, 애플 크럼블apple crumble 같은 과자는 물론이고 돼지고기 요리의 소스를 만드는 데도 씁니다. 감자만큼이나 널리 이용되기에 시장에서 사시사철 구할 수 있고 어느 집 부엌에나 늘상 있습니다.

영국에서 친하게 지낸 쿡 부부의 안마당에도 브램리 나무가 있었습니다. 가을이면 이 사과를 따서 만든 맛있는 애플 크럼블을 대접받았던 터라, 저는 브램리가 친근하게 느껴집니다.

일본에서는 브램리를 먹어 보기 힘들 거라고 생각했는데, 제과 수업을 함께 듣는 F씨 덕분에 일본에서도 브램리를 재배한다는 사실을 알게 되었습니다. 또 F씨까지 세 명이 활동 중인 '브램리 팬클럽' 덕분에 사과의 심오한 세계를 엿볼 수 있는 행복한 기회도 누렸습니다. 나가노

갓 구워 먹음직스러운 내음을 풍기는 애플 크럼블(왼쪽)과 돼지고기 로스트에 잘 어울리는 사과 소스(오른쪽)
사과 소스는 사과를 조려 만든다

현 오부세小布施 지역을 비롯해 아오모리, 홋카이도 등 일본에서도 브램리가 널리 재배되고 있어 무척 기쁩니다.

『사과밭의 마틴 피핀』에는 사과 먹는 방법을 먹음직스럽게 묘사한 장면이 있습니다.

"나 빵은 질린 것 같아."

"사과도?" 마틴이 물었습니다.

"사과에 질리는 사람은 없어요." 제시카는 대답했습니다. "하지만 좀 색다르게 사과를 구워서 크림을 올리고 싶어. 데친 사과에 흑설탕을 뿌려도 괜찮겠네. 그리고 빵 대신 플럼 케이크를 먹으면 좋겠다."

"사과에 질리는 사람은 없어요."라는 제시카의 말에 마음 깊이 동의합니다. 구운 사과야말로 집에서 간단하게 만들 수 있으면서 무척 맛있어서 몇 세기에 걸쳐 사랑받아 온 먹을거리입니다. 특히 브램리는 구워 먹기에 최적인 품종이죠. 일찍이 《뉴욕 타임스》에서도 구운 사과에 대해 "불꽃과 사과의 역사만큼이나 긴 역사를 가졌다"고 찬양한 바 있습니다. 사과에서 심을 빼내고 그 안에 버터, 설탕, 계피, 건포도 등을 채워 통째로 구워 내는 게 정석입니다만, 제시카가 먹고 싶어 한, 크림을 올려서 먹는 구운 사과는 어떤 맛이었을지도 궁금하네요.

자동차로 서식스주 시골길을 지날 때면, 정말이지 사과밭이 파전의 세계로 들어가는 입구가 아닐까 싶은 기분이 듭니다. 서식스는 남쪽으로 바다가 있고, 해안선을 따라 동서로 사우스다운스South Downs라는

언덕이 길고 가느다랗게 이어지며, 북쪽에 있는 주州 경계에는 일찍이 광대한 삼림이었다가 지금은 완만한 농지가 된 녹색 들판이 너르게 펼쳐진 지역입니다. 런던에서 당일치기로 한가롭게 펼쳐진 전원을 충분히 즐길 수 있는 매력적인 곳이죠.

마틴 피핀이 들려주는 여섯 편의 이야기 중 「오픈 윈킨스」Open Winkins에 나오는 앨프리스턴Alfriston 마을에 가 보았습니다. 주인공 홉 Hobb의 어머니는 앨프리스턴 정원사의 딸이며, 홉은 동생들을 찾기 위해 그 근처 야산을 헤매고 있었습니다. 그러다 이야기의 제목이기도 한 깊은 숲 '오픈 윈킨스'에 사는 여성과 만나게 됩니다. 악령에 사로잡힌 그를 속 깊고 마음씨 따뜻한 홉이 구해 주면서 두 사람은 앨프리스턴 마을에서 결혼합니다.

오래된 집들이 줄지어 남아 있는 이곳은 예전에 밀수업자 마을로 유명했다고 합니다. 항구에서 내륙 쪽으로 4킬로미터 정도 들어간 곳이고 강이 흐르고 있어 화물 운송에 편리했던 모양이에요. 지금도 '늙은 밀수업자네'Ye Olde Smugglers Inne라는 무시무시한 이름으로 영업을 하는 오래된 호텔이 그 역사를 전하고 있습니다.

광장에는 옛 마켓 크로스market cross 자리를 보여 주는 돌탑이 있습니다. 마켓 크로스란 중세에 정기적으로 마을 장이 서는 곳에 세운 십자가로, 영국에서도 흔히 볼 수 있는 것은 아니랍니다. 1405년에 헨리 4세가 앨프리스턴 마을에 주마다 한 번씩 장이 서도록, 또 해마다 두 번씩 축제fair가 열리도록 권한을 부여했다는 이야기가 전합니다.

이러한 역사의 층층을 느끼면서, 중심가high street라 부르기에는 너

1. 파전도 한때 거닐었을 사우스다운스
2. 사우스다운스 언덕 너머로 보이는 바닷가 백악 절벽
3. '오픈 윈킨스'에 나오는 앨프리스턴 마을
4. 양들과 언덕의 롱맨

무도 좁은 길을 걷습니다. 엘리너 파전의 발길도 이곳에 닿았겠지요. 얼마나 오래된 것인지를 자못 실감케 하는 검고 굵은 들보 아래로 낮은 입구를 지나 안으로 들어가면 찻집이 있습니다. 안마당은 '티 가든'tea garden이라 부르는 야외 찻집으로 꾸며져 있었습니다. 이곳에도 사과나무가 있기에 저는 망설임 없이 사과 케이크를 주문했습니다. 질리언을 지키던 처녀들처럼 그 땅에서 난 사과를 맛보았지요.

앨프리스턴 마을을 나오면 '롱맨'Long man이라는 표지판이 보입니다. 『사과밭의 마틴 피핀』의 속편인 『데이지 들판의 마틴 피핀』 이야기 가운데 고운 것을 좋아하는 일곱 자매와 작은 윌킨의 이야기인 「윌밍턴의 키 큰 사나이」Long Man of Wilmington에 등장하는 롱맨입니다. 모퉁이에 퍼브가 있는 좁은 길로 들어가면 막다른 곳에 이릅니다. 차에서 내려 둘러보면 앞을 가로막듯 우뚝 솟은 언덕의 초록 비탈 위에 그려진, 60미터나 되는 커다란 사람 그림이 눈에 들어옵니다. 분필로 그은 듯한 흰 선은 언덕의 백악층이 드러난 것입니다. 누가 어떤 연유로 그린 건지 수수께끼인 윌밍턴 언덕의 이 '커다란 사람'은 신석기시대 유물이라고 합니다. 초록빛 풀밭 한가운데 자리한 커다란 사람을 향해 가까이 갈수록 차츰 실감하게 되는 그 거대함에 놀랄 수밖에 없습니다.

「줄넘기 요정」의 무대인 마운트 케이번(Mount Caburn)을 루이스 성에서 바라본 풍경

『데이지 들판의 마틴 피핀』은 『사과밭의 마틴 피핀』의 낭만적인 사랑 이야기를 「줄넘기 요정」Elsie Piddock Skips in Her Sleep같이 아이들을 위한 사랑스러운 이야기들로 완전히 바꾸어 놓았습니다. 청중으로 나오는 여섯 명의 어린이는 『사과밭의 마틴 피핀』에 등장하는, 우유 짜는 여섯 여인의 딸들이라는 설정입니다.

엘리너 파전은 치체스터에서 앨프리스턴까지 혼자서 도보로 여행한 뒤 1918년에 『아득한 앨프리스턴까지』라는 작은 시집을 자비로 출판하기도 했습니다.

야산에서 만난 젊은 양치기, 바람에 흔들리는 들꽃, 오래된 마을의 골목 등 모든 것이 생생하게 그의 영혼을 울린 결과 '마틴 피핀' 이야기의 씨앗이 풍요롭게 발아했다고 생각할 수밖에 없습니다.

위의 인용문은 이시이 모모코가 『사과밭의 마틴 피핀』을 번역하고 쓴 후기 일부입니다. 이처럼 파전은 독창적인 상상력을 발휘해 서식스의 풍토 위에 자기만의 이야기를 얹었습니다.

엘리너 파전이 모처럼 친구에게 선물받은 장미 한 송이를 또 다른 친구에게 선뜻 주었다는 일화를 들은 적이 있습니다. "나 혼자 이 장미를 가지고 있을 때보다 두 배로 행복해졌잖아."라고 했다는군요. 이 이야기를 듣고는 엘리너 파전이라는 사람의 내면에 담긴, 그가 쓴 마음 따뜻해지는 이야기들을 일관되게 엮어 주는 어떤 것을 엿본 것 같아 기뻤습니다. 🍎

사과에 질리는 사람은 없어요
애플 크럼블

재료 4인분

홍옥 2개 또는 브램리 큰 것 1개(약 400g)
크럼 박력분 30g, 강력분 30g, 아몬드가루 50g, 백설탕 20g, 황설탕 40g, 무염 버터 50g

1 우선 크럼(crumb, 부스러기)을 만든다. 가루 재료들을 모두 체에 내리고 백설탕과 황설탕을 더한다. 여기에다 실온에 꺼내 둔 버터를 넣고 손가락으로 비비듯 섞어서 부슬부슬하게 만든다. 잔다란 가루 형태가 되면 냉장고에 넣어 차갑게 식힌다.

2 사과*를 넷으로 갈라 껍질을 벗기고 세로 방향으로 두툼하게 저민다. 오븐은 170도로 예열해 둔다.

3 내열 그릇에 사과를 담고 그 위에 1의 크럼을 골고루 뿌려 오븐에서 30분 정도 굽는다. 표면이 적당히 노릇해지면 꺼내서 따끈따끈할 때 아이스크림 등을 곁들여 먹는다.

 * 사과 대신 다른 제철 과일로 만들어도 좋다. 과일에 따라 굽는 시간도 달라진다. 크럼 반죽은 2~3일까지는 냉장실에, 그 이상은 냉동실에 보관해야 하며 해동하지 않고 그대로 쓴다. 많이 만들어서 냉동실에 보관해 두면 언제든 꺼내 구워 먹을 수 있어 편하다.

시간 여행자,
비밀의 문을 열다

허브 향 가득한
시간 여행 판타지

꿈은 사람에게 힘을 준다지요.
장차 맞이할 미래에 대한 꿈으로
얻는 힘이 있다면,
반대로 과거의 애틋한 시간에 대한 꿈에서
얻는 힘도 있을 겁니다.
그렇게 힘이 되는 추억을 가진 사람은
분명 행복하겠지요.

『시간 여행자, 비밀의 문을 열다』

A TRAVELLER IN TIME, 1939

앨리슨 어틀리(Alison Uttley) 지음 | 페이스 잭스(Faith Jaques) 그림(1977년판)

친척집 농장에 머물게 된 페넬로피는 우연히 시간의 문을 열었다가 16세기 장원에 떨어져 헤맵니다. 그러다 마침 그곳에서 왕위를 두고 벌어지는 역사적 사건에 휘말립니다. 시간을 넘나드는 소녀의 모험 이야기.

* 일본어판 마쓰노 마사코(松野正子) 번역(이와나미소년문고, 1998)

이번 이야기의 수수께끼를 풀 열쇠는 허브에 있습니다. 과거와 현재, 시대를 뛰어넘어 사람들의 일상에 살아 숨 쉬는 허브의 다양한 모습이 그 향기와 함께 그려진다는 점이야말로 제가 생각하는 『시간 여행자, 비밀의 문을 열다』의 매력이거든요.

런던에 사는 병약한 소녀 페넬로피는 엄마의 고모인 티시 할머니와 남동생 바너버스 할아버지가 사는 더비셔 시골 마을의 새커스Thackers 농장으로 요양을 갑니다. 낡은 저택이지만 티시 할머니가 깔끔하게 관리해 윤이 나는 고가구들이 잘 정돈되어 있는 집이었습니다. 집 안에는 "라벤더와, 냄새가 강하고 내(페넬로피)가 잘 모르는 몇 가지 종류의 허브 향"이 떠돌았습니다. 복잡하게 뒤섞인 허브 향으로 가득한 오래된 시골집의 모습이 그려지지요. 페넬로피가 머물게 된 새커스 농장의 저택은 훨씬 옛날인 16세기에는 장원 영주인 배빙턴Babington 가문의 것이었고 '새커스'라 불렸습니다.

"또 다른 하나의 삶이 겹겹의 시간 속에서 영위되고 있었습니다"라는 표현처럼, 오래된 건물에는 거쳐 온 시대와 함께 그곳에 살았던 사람들의 숨결이 남아 있어 과거와 현재가 공존합니다. 몇백 년이나 된 집이라면 특히 더 그렇겠죠. 이 이야기는 그런 집이 품고 있는 20세기와 16세기라는 두 시간대를 왔다 갔다 하며 두 삶을 체험하게 되는 소녀의 타임슬립time-slip(시간 여행) 판타지입니다.

『한밤중 톰의 정원에서』의 경우에는 커다란 벽시계에서 울리는 열세 번째 종소리가 과거로 가는 신호로 나왔지만, 이 이야기에서는 예상치 못한 순간에 소녀의 의사와는 아무 관계 없이 시간의 문이 열립니다. 예컨대 무릎 덮개를 가지러 2층 방으로 올라갔는데 원래는 없던 문이 생겨나 있어서 열어 보니 16세기 복장을 걸친 귀부인들이 앉아 있는가 하면, 옷을 갈아입기 위해 2층 방문을 열다가 거기 있을 리 없는 계단에서 굴러떨어져 16세기 장원을 헤매게 되는 식입니다.

16세기 배빙턴가에는 집주인인 앤터니 배빙턴 부부, 앤터니의 남동생 프랜시스, 앤터니와 프랜시스의 어머니인 폴잠Foljambe 부인, 그리고 많은 하인들이 살고 있었습니다. 주방에서 이 모두를 총괄하는 중심인물은 태버너Taberner가의 세실리 아주머니였습니다. 세실리 아주머니는 페넬로피가 착각할 정도로 티시 할머니와 닮았는데, 그도 그럴 것이 티시 할머니는 대대로 배빙턴가를 모셔 온 태버너가의 자손이기 때문입니다.

웅대한 새커스는 광대한 부지 안에 예배당은 물론 정교한 장식 정원knot garden을 연상시키는 격조 높은 허브 정원까지 딸린, 이 지역 일대를 다스리는 장원이었습니다.

두 시대를 오가는 페넬로피의 곁에서 시간을 뛰어넘어도 변하지 않는 건 "막 베어 낸 건초와 들장미, 라벤더, 그리고 오래된 시대가 어우러진 냄새"였고 그 향이 무엇보다 페넬로피에게 안도감을 줍니다. 처음으로 새커스 농장을 찾은 페넬로피를 맞아 준 건, 수건에 배어 있는 라벤더 향과 부엌 천장에 매달린 허브 다발이 방 안에 풍기는 냄새, 그리고 티시 할머니가 침대 시트와 수건을 넣어 둔 커다란 궤짝에서 나는 허브 향이었습니다.

1. 온통 보랏빛으로 가득한 라벤더밭(코츠월즈의 스노스힐Snowshill 마을)
2. 엘리자베스 1세가 유소년기를 보냈다는 하트필드 하우스에 재현한 장식 정원에는 16세기 허브 정원 양식이
   숨어 있다.
3. 더비셔에 있는 하드윅 홀(Hardwick Hall) 저택의 허브 정원은 새커스의 허브 정원을 떠올리게 한다.

"그건 선갈퀴와 쑥국화 냄새야." 고모할머니가 말했습니다. "목초지에서 뜯어 와서 잘 말린 다음 궤짝에 넣는단다. 옷좀나방을 쫓아 주거든."

5월에 영국 시골의 숲을 걷다가 희고 작은 선갈퀴꽃이 융단을 깔아 놓은 듯 어지러이 피어 있는 광경과 마주한 일이 있습니다. 말리면 달콤한 바닐라 같은 향을 내는 선갈퀴 잎사귀는 방충 효과가 있어서 벌레 쫓는 봉투에 넣기도 하고 옛날에는 베개나 침대 매트리스 속을 채우기도 했습니다. 선갈퀴는 영어로 우드러프woodruff라고 하는데, '러프'는 16~17세기에 왕족이나 귀족이 목 부분에 달던 주름 장식 옷깃입니다. 목도리처럼 꽃을 둥그렇게 둘러싸고 올라온 녹색 잎의 모양새가 러프와 비슷하지요. 쑥국화라 번역한 허브는 탠지tansy입니다. 우드러프와 마찬가지로 방충과 살균 효과가 뛰어나 방충제로 써 왔습니다.

20세기의 농장에서도 여전히 쓰이는 이런 허브 이용법은 대부분 페넬로피가 시간을 뛰어넘어 간 16세기부터 쭉 계승된 전통입니다. 16세기는 허브의 황금기라 할 만큼 일상생활에서 허브가 빠지지 않았습니다. 허브는 살림 전반에 걸친 필수품이었고 그 허브를 조달하기 위해 허

선갈퀴(왼쪽)와 쑥국화(오른쪽)

브 정원이 만들어졌습니다.

"맥주에 필요한 허브는 밭이나 산울타리에서 따고, 포셋에 쓸 허브는 주목 나무 울타리 맞은편의 허브 정원으로 가야 돼. 생선 요리에 쓸 회향, 폴잠 마님의 건강을 위한 운향과 보리지. 배빙턴 아씨는 머리맡에 레몬밤 뿌리는 걸 좋아하시니 잊지 말고 한 자밤. 컴프리 듬뿍. 그리고 바닥에 뿌릴 허브랑 지금 끓이는 사슴고기 스튜에 넣을 월계수 잎도."

"저희는 아씨와 마님께 드릴 포셋에 쓸 허브를 따러 가던 참이었어요."

세실리 아주머니가 페넬로피에게 따 오도록 부탁한 허브 종류와 그 사용법을 보면 당시의 생활상이 드러납니다.

맥주를 만들 때 허브를 쓰는 건 16세기 네덜란 드 신교도들이 영국에 전해 준 방식이었습니다. 그때부터 홉hop이 들어간 것만 비어beer 라 부르고 마저럼marjoram, 약쑥(웜우드 wormwood), 서양톱풀(애로yarrow) 등 쓴맛 나는 허브로 만든 건 에일ale로 구별하게 되었습니다.

한편 포셋posset은 원래 우유에 와인 이나 에일을 더해 걸쭉하게 만든 따뜻 한 음료입니다. 중세에는 감기약 대용

으로 마셨고, 약효를 높이기 위해 염증을 진정시키는 로즈메리나 라벤더, 타임 같은 허브를 더했습니다. 레이크디스트릭트에 있는 호텔에서 디저트로 레몬 포셋이 나온 게 기억나네요. 산뜻한 맛이 혀끝을 스칠 때 문득 앞서 인용한 장면이 떠올랐죠. 포셋은 여전히 건재하지만, 이제는 차갑게 해서 디저트로 먹습니다.

회향(페늘fennel)은 생선 비린내를 잡아 주고 소화에도 도움이 된다고 해서 예나 지금이나 생선 요리에 자주 쓰입니다. 윌리엄 셰익스피어의 『헨리 4세』에 나오는 "붕장어와 회향을 먹고" 같은 대사를 봐도 기름기 많은 생선에 회향을 곁들였다는 것을 알 수 있습니다.

운향(루타ruta 또는 루rue)은 잎에서 나는 독특한 냄새 때문에 최근에는 잡화점에서 길고양이 쫓는 허브라며 모종을 팔더군요. 중세에는 뛰어난 살균력과 해독 작용에 더해 무려 서른 가지에 이르는 약효가 있다고 여겨 진통제, 두통약, 지혈제 등으로 귀하게 취급했습니다.

보리지borage는 스타플라워starflower라고 불리는 푸른색 별 모양 꽃이 청초하고 사랑스러운 허브입니다. 타원형 잎사귀는 닿으면 따끔한

레이크디스트릭트의 호텔에서 점심 후식으로 나온 레몬 포셋(왼쪽)
지금도 생선 요리에 빠지지 않는 회향(오른쪽)

털로 촘촘히 덮여 있는데, 어린 잎사귀에서는 오이 향이 나서 샐러드에 꽃과 함께 넣어 먹기도 합니다. 보리지라는 이름은 용기를 가져다준다는 뜻의 라틴어 '코라고'corago의 방언인 보라고borago에서 유래했습니다. 강장제로도 효과가 있으며, 잎과 꽃으로 담근 술을 마시면 온갖 고민과 슬픔을 떨치고 쾌활해진다고 합니다. 나이 든 폴잠 부인의 건강을 염려해 이런 허브를 마련한다는 걸 짐작할 수 있습니다.

레몬밤은 산뜻한 레몬 향이 나서 차로 마셔도 맛이 좋습니다. 예로부터 이 잎이 머금은 향기는 우울증과 신경성 두통에 효능이 뛰어나다고 널리 알려졌습니다. 젊은 마님은 남편의 불온한 기색을 눈치채고 있었으니 머리맡에 향기로운 레몬밤을 뿌려서라도 애써 잠을 청해야 했던 게 아닐까요?

컴프리comfrey는 보리지와 친척이라고 할 수 있는데, 따끔따끔한 털로 덮인 토실한 잎사귀까지 비슷하게 생겼습니다. 이 잎을 짓이겨 풀처럼 만든 약은 상처에 바르기도 했고, 중세에는 접골제로도 정평이 나 있었습니다. 세실리 아주머니도 상비약으로 이런 약을 만들어 두었던 것 같습니다.

16세기 역병 방지에 대활약한 운향(왼쪽)과 파란 별처럼 생긴 꽃이 사랑스러운 보리지(오른쪽)

그럼 '바닥에 뿌릴 허브'strewing herb란 뭘까요? 요즘처럼 화학 살충제나 방충제가 없던 시절에는 벼룩이나 역병을 쫓기 위해 살균 효과가 있는 허브를 바닥에 뿌리는 습관이 있었습니다. 『시간 여행자, 비밀의 문을 열다』에서는 "월계수와 로즈메리", "피버퓨"feverfew, "초록빛 골풀" 등이 이런 용도로 쓰이는 허브로 나옵니다. 그 외에도 살균력이 뛰어난 운향, 라벤더, 민트, 약쑥, 타임, 세이지, 캐모마일 등 친숙한 허브들이 바닥에 뿌리는 용도로 많이 쓰였습니다.

배빙턴 집안이 충성을 바친 메리 여왕의 적 엘리자베스 1세는 메도스위트meadowsweet라는 허브를 바닥에 뿌리는 걸 좋아했다고 나옵니다. 지금도 영국 시골에서는 축축한 습지에 자란 메도스위트를 여기저기서 쉽게 볼 수 있습니다. 솜털 뭉치처럼 보이는 크림색 꽃에서는 아몬드 에센스 같은 달콤한 향기가 납니다. 엘리자베스 1세가 이렇게 달콤한 향이 나는 허브를 좋아했다니, 냉혹한 여왕의 숨겨진 일면을 엿보는 느낌입니다. 엘리자베스 1세는 또한 설탕에 절인 라벤더꽃을 좋아해 늘 자리맡에 두었다고 합니다. 일국의 군주로 중책을 맡은 여왕에게는 마음을 진정시키고 긴장을 풀어 주는 라벤더가 꼭 필요했는지도 모릅니다.

당시 여성들은 허브로 터시머시tussie-mussie라는 작은 꽃다발을 만들어 역병으로부터 몸을 지키는 부적 삼아 허리춤에 매달기도 했습니다. 빅토리아 시대에 이르러 역병 예방이라는 목적은 없어졌지만 그 대신 꽃말 문화가 유행하면서, 이 터시머시가 메시지를 전하는 편지 역할을 담당하게 됩니다. 유복한 집안의 자녀들은 각종 꽃말과 터시머시 아름답게 만드는 법을 교양으로 배우곤 했습니다.

1. 엘리자베스 1세가 좋아했다는 메도스위트
2. 지금도 배스 근교의 미국박물관에서는 터시머시를 만든다.
3·4. 말린 라벤더와 라벤더 포푸리(potpourri). 마당에서 딴 라벤더는 겨우내 향을 낸다.

그리움을 간직한 라벤더

　제가 처음 흥미를 가진 허브는 라벤더였습니다. 초등학교 때 애독한 루시 모드 몽고메리의 '빨간 머리 앤' 시리즈 가운데 『에이번리의 앤』 *Anne of Avonlea*(1909)에서 처음 만났지요. '다정한 미스 라벤더'라는 장에 라벤더 향이 나는 침대 시트 얘기가 나옵니다. 30년도 더 지난 그 옛날에는 라벤더가 미지의 식물이었던지라 대체 어떤 꽃일까, 무슨 향이 나는 걸까 이리저리 생각해 봤던 기억이 납니다.

　앞에서 말한 것처럼 살균력이 있는 허브는 바닥에 뿌리기도 하고 방충제로도 썼는데, 그중에서도 라벤더는 큰 사랑을 받았습니다. 시대가 바뀐 뒤에도 '라벤더 향이 나는 집'이라고 하면 깔끔하게 정돈된 가정을 의미하게 되었습니다. 돌이켜 보니, 『에이번리의 앤』을 통해 라벤더와 만난 것이 제가 영국으로 허브 유학을 떠나게 만든 출발점이었습니다. '영국에서 생활하며 허브가 어떻게 활용되는지를 생활 속에서 경험하고 싶다. 영국인과 같은 시선에서 글자가 아닌 피부로 허브를 알고 싶다.' 그것이 제가 영국 여행이 아닌 영국 허브 유학을 결행하며 품었던 큰 목적이었습니다.

허브 향 말고도 서로 다른 시대 속에서 줄곧 페넬로피의 마음을 어루만져 준 건 16세기에도 20세기에도 마음을 담아 차려 낸 음식이었습니다. 새커스 농장에 도착한 첫날 저녁, 페넬로피는 티시 할머니의 따뜻한 마음이 담긴 진수성찬을 대접받습니다.

우리는 화로 곁 둥근 테이블에 차려진 음식 앞에 앉았습니다. 구운 오트케이크, 로스트 치킨, 노릇한 치즈 케이크, 우리 주먹만 한 크기의 기묘하고 울퉁불퉁한 빵, 보리 다발 모양의 틀로 눌러 놓은 금빛 버터 덩어리 등이 놓여 있었습니다.

장작이 탁탁 소리를 내며 타는 따뜻한 화로 곁에서 이만큼 성찬을 늘어놓은 테이블을 앞에 두고, 처음으로 부모 곁을 떠나 온 페넬로피는 얼마나 안심되었을까요? 주요리인 로스트 치킨부터 오트케이크, 치즈 케이크, 빵과 금빛 버터에 이르기까지, 시골 농장에서만 맛볼 수 있는 신선한 재료로 정성스럽게 만든 요리에 티시 할머니를 비롯한 여러 사람의 애정을 느끼며 틀림없이 행복했을 것입니다.

16세기 새커스의 부엌
이야기에 등장하는 화덕 자리가 지금도 매너 팜 저택에 그대로 남아 있다.

부엌에서는 빵과 파이를 잇달아 굽는 중이었고 대가족을 위한 식사 준비가 한창이었습니다. 커다란 파이마다 비둘기와 종달새 고기가 채워져 있었습니다. (중략) 화덕 앞에서는 주드가 심술궂은 눈길로 주변을 힐끔거리면서 꼬치에 끼운 거위와 수탉을 돌려 가며 굽고 있었습니다. 나는 테이블 앞에 앉아 반죽 그트머리를 오리고 다듬어 장미꽃과 잎사귀 모양으로 파이를 장식했습니다. 세실리 아주머니가 "이건 네가 해 줘야 할 일"이라고 했거든요.

같은 부엌이지만, 이번에는 16세기의 새커스 부엌 광경입니다. 티시 할머니가 사용하는 것과 똑같은 커다랗고 윤을 낸 쇠 냄비와, 티시 할머니는 식기 선반으로 활용 중인 화덕에서 실제로 빵을 굽는 모습을 보고 페넬로피는 두 집이 같은 곳이라는 걸 눈치챘겠지요. 앤터니 부부는 물론이고 하인들 대부분을 먹여 살리는 장원의 부엌이니만큼 활기 넘치는 모습이 눈앞에 보이는 듯합니다.

17세기까지 유럽과 미국에서는 화덕이 부엌의 중심에 있었으며, 굽고 삶고 끓이는 모든 조리가 여기서 이루어졌습니다. 철과 석탄이 상대적으로 저렴해진 18~19세기부터는 레인지를 쓰기 시작했지요.

커다란 화덕 자리에 지금은 굴뚝과 난로(스토브)를 연결해 놓았다.

더비셔주 데딕Dethick이라는 마을에 가면 새커스 저택의 모델이 된 '매너 팜'Manor Farm을 볼 수 있습니다. BBC 방송 「블루 피터」Blue Peter 의 제작자 사이먼 그룸Simon Groom이 앨리슨 어틀리에 관한 취재차 드나들던 이곳에 아내 길리 그룸Gilly Groom과 함께 정착했습니다. 부부는 현재 이 집에서 민박을 운영하고 있습니다. 그들이 얘기하기를, 이 집 안에서 가장 오래된 모습이 남아 있는 공간이 바로 부엌이라고 합니다.

저는 2014년 여름에 이곳에서 묵을 수 있는 행운을 잡았습니다. 페넬로피처럼 나도 시간 여행을 하는 것만 같은 신기한 느낌이 들었지요. 울퉁불퉁한 돌로 둘러싸인 커다란 화덕은 지금도 예전의 위엄을 간직하고 있습니다. 더 이상 이 화덕에서 조리를 하지는 않지만, 그 앞에 서면 이야기의 세계가 눈앞에 겹쳐 보입니다. 주드라는 소년이 화덕 앞 의자에 걸터앉아 쇠꼬챙이에 새고기를 통째로 끼워 빙글빙글 돌리며 굽는 장면도요.

페넬로피가 시간을 뛰어넘어 도착한 16세기의 새커스. 허브 향이 감도는 평온함 그 자체 같은 삶 속에는 어떤 음모가 도사리고 있었습니다. 이는 잉글랜드 여왕 엘리자베스 1세와 스코틀랜드 여왕 메리 스튜어트에 관련된 역사 속 실제 사건입니다. 두 사람은 친척 관계였지만, 엘리자베스 1세는 국교회, 메리 여왕은 가톨릭이라는 종교적 차이와 정치적 상황 등으로 대립했습니다. 에스파냐를 중심으로 하는 가톨릭 세력과의 관계로 볼 때, 메리 스튜어트는 엘리자베스 1세에게 위험한 존재였습니다. 엘리자베스 1세는 왕위를 지키기 위해 메리 스튜어트를 자그마치 19년이나 가두어 뒀습니다. 그런 와중에도 엘리자베스 1세를 암살

하고 가톨릭 진영의 희망인 메리 여왕을 잉글랜드 왕위에 올리려는 음모는 끊이지 않았습니다.

그런데 글쎄, 그 음모 중 하나가 16세기 새커스 저택에서 몰래 꾸며지고 있었던 겁니다. 이후에 '배빙턴 음모 사건'이라 불리게 되는 이 계획은 메리 여왕의 열렬한 지지자인 앤터니 배빙턴(1561~1586)이 일으킨 것이었습니다. 그는 메리 여왕이 새커스에서 5킬로미터 떨어진 윙필드 Wingfield 장원의 영주관領主館으로 이송된 것을 알고, 새커스에서부터 굴을 파서 여왕을 구출할 생각이었습니다. 미래에서 온 페넬로피는 그 계획이 실패로 끝나리라는 걸 알면서도 역사를 바꿀 수 없는 안타까움에 눈물짓습니다. 앤터니를 걱정하는 부인과 늙은 어머니의 마음을 생각하면 어째서 운향과 보리지, 레몬밤 같은 허브가 필요했는지 알 수 있지요.

"이 이야기 속에서 일어나는 일은 대부분 내 꿈을 바탕으로 하고 있습니다." 앨리슨 어틀리는 『시간 여행자, 비밀의 문을 열다』 서문에서 이렇게 말합니다. 글은 이렇게 이어집니다.

꿈속에서 나는 장원 저택에 살고 있었고 건물 벽에 난, 다른 이들에겐 보이지 않는 문을 통과했습니다. 이윽고 나 자신이 또 하나의 다른 시대에 들어와 있음을 깨닫게 되었습니다.

『시간 여행자, 비밀의 문을 열다』의 환상적인 요소를 페넬로피의 상상으로 읽을 여지도 있다는 것을 생각하면, 페넬로피는 지은이인 어틀

1. 새커스의 모델이 된 저택 매너 팜
2. 정원 쪽에서 바라본 매너 팜
3. 저택에서 일어난 '배빙턴 음모 사건'을 전하는 현판
4. 앤터니 배빙턴이 결혼식을 올린 곳이라고 전해지는 새커스 장원 내 예배당
5. 멀리 보이는, 폐허가 된 윙필드 매너(Wingfield Manor)

리 자신과 겹쳐 보이기도 합니다.

앨리슨 어틀리는 캐슬 톱 팜Castle Top Farm에서 태어났습니다. 열여덟 살이 되어 대학에 들어갈 때까지 어틀리는 쭉 그곳에 살았습니다. 캐슬 톱 팜에서는 더비셔주의 크롬퍼드Cromford 마을과 깊은 숲으로 덮인 더원트Derwent강의 계곡이 완만하게 펼쳐진 풍경을 내려다볼 수 있었다고 합니다. 아름다운 자연의 축복에 둘러싸인 그곳의 모습은 어틀리의 자전적 이야기 『시골 아이』*The Country Child*(1931)에도 자세히 나옵니다. 우유 짜기로 시작하는 농장 생활의 하루하루, 어머니를 도와 부엌에서 했던 집안일, 크리스마스 같은 연중행사의 즐거움 등에 대해 애정을 담아 서술하고 있지요.

언제고 변함없는, 초록으로 둘러싸인 어린 시절의 모든 것이 마음속 풍경으로 떠오를 때면 나는 내가 태어난, 길게 이어진 저 언덕 가운데서 다시 한번 살아가기 시작합니다. 어디에 있든 나는 사랑하는 이곳과 닮은 곳을 무의식중에 찾고 있었습니다.

— 데니스 저드, 『앨리슨 어틀리: 시골 아이의 생애(1884-1976)』

앨리슨 어틀리 자신이 쉰이 넘은 나이에도 '시간 여행자'가 되어 쓸 수밖에 없었던, 그립고 애틋한 지난날의 삶으로 향하는 아련한 꿈 이야기. 그것이 이 『시간 여행자, 비밀의 문을 열다』라는 이야기 자체일지도 모릅니다.

꿈은 사람에게 힘을 준다지요. 장차 맞이할 미래에 대한 꿈으로 얼는 힘이 있다면, 반대로 과거의 애틋한 시간에 대한 꿈에서 얻는 힘도 있을 겁니다. 그렇게 힘이 되는 추억을 가진 사람은 분명 행복하겠지요.

허브를 좋아하는 저로서는 언제 어디서든 어린 시절의 그곳을 찾으려 애쓰던 어틀리의 마음을 그리운 농장에 피어 있던 라벤더 향이 위로해 주었기를 바랄 뿐입니다. 🍒

슬픔도 그리움도 잠재우는 마음의 감기약

레몬 포셋

재료 약 100ml 유리잔 5개분

생크림 300g, 백설탕 75g, 레몬즙 1개분(약 80ml)
장식 레몬 껍질(얇게 벗겨서 썰어 둔다), 허브 잎(로즈메리나 타임, 라벤더 등 어떤 것이든 좋다) 약간

1   냄비에 생크림과 백설탕을 넣고 중불에서 설탕이 녹을 때까지 저으며 끓인다. 크림에 거품이 일면 약불에서 3분 정도 더 졸인다.

2   냄비를 불에서 내리고 저으면서 레몬즙을 조금씩 넣는다. 곧 걸쭉하게 점성이 돌기 시작하는 게 느껴질 것이다.

3   5분 정도 두었다가 조금 식으면 유리잔에 담는다. 랩을 씌워 적어도 세 시간은 냉장고에 넣어 식힌다.(하룻밤 식히는 것도 좋다.) 허브 잎과 레몬 껍질을 위에 올린다.

내 이름은
패딩턴

첫 작품인 『내 이름은 패딩턴』을
출판한 1958년에는
큰딸 캐런이 태어났습니다.
어느 인터뷰에서 캐런은
이렇게 말했습니다.
"같은 해에 태어난 저와 패딩턴은
마치 형제처럼 사이좋게 함께 자랐어요."
패딩턴은 누구도 대신할 수 없는
어엿한 본드 가족의 일원으로
소중한 시간을 함께해 나갔을 테죠.

크리스마스 선물처럼
찾아온
새로운 가족

『내 이름은 패딩턴』

A BEAR CALLED PADDINGTON, 1958

마이클 본드(Michael Bond) | **페기 포트넘(Peggy Fortnum) 그림**

남아메리카 페루에서 영국 런던으로 오게 된 곰이 패딩턴 역에서 브라운 씨 가족과 만나 패딩턴이라는 이름을 얻고 함께 살게 되었습니다. 마멀레이드를 무지무지하게 좋아하는 패딩턴, 금세 동네 인기 스타가 되는데!

* 일본어판 마쓰오카 교코(松岡享子) 번역(후쿠인칸문고, 2002)

영국에서 처음 만들어진 마멀레이드. 오늘날엔 일본에서도 네이블 오렌지, 자몽, 핫사쿠ᵃ, 유자 등 맛있는 감귤류로 만든 독자적 마멀레이드를 즐길 수 있습니다. 분명 일본에도 패딩턴만큼이나 마멀레이드를 좋아하는 사람이 아주 많은 거겠죠!

"마멀레이드는 곰이 아주 좋아하는 거니까요."라고 거침없이 밝히는 곰돌이 패딩턴. 남아메리카 페루에서 함께 살던 루시 아주머니가 노인 요양원, 아니, 노옹 요양원에 들어가면서 패딩턴은 밀항자가 되어 멀리 영국까지 왔습니다. 페루에서부터의 긴 여정 내내 마멀레이드만 먹으며(세상에나!) 배고픔을 견뎠을 만큼 패딩턴은 마멀레이드를 좋아합니다. 영국에 와서 마멀레이드를 처음 알게 되었을 것 같은데, 의외로 페루에 있을 적부터 아주아주 좋아했던 거예요. 영국으로 이민 오는 건 루시 아주머니의 간절한 소망이기도 했던 모양입니다. 아주머니는 그런 의미에서 패딩턴의 장래를 생각해 영어를 가르쳐 주기까지 했습니다.

한편, 런던에 사는 브라운 부부는 방학을 맞은 딸 주디를 마중하기 위해 여름날의 혼잡한 패딩턴 역으로 나갔습니다. 그곳에서 브라운 부부는 '이 곰을 돌봐 주세요. 고맙습니다.'Please look after this bear. Thank you.라고 적힌 팻말을 목에 걸고 여행용 가방 위에 앉아 있는 곰과 만나게 됩니다. 부부는 처음 만난 장소인 역의 이름을 따서 곰에게 패딩턴이라는 이름을 지어 주지요.

런던에선 행선지에 따라 여덟 군데의 시발역이 정해져 있는데, 패딩턴 역은 그중 하나입니다. 내셔널 레일과 지하철이 교차하는

ᵃ 일본 후쿠오카현에서 많이 나는 귤 품종으로 여름귤보다 약간 작다.

커다란 역이지요. 여기서 출발하는 기차로는 영국 서부 지역인 브리스틀, 배스, 웨일스 남부, 콘월 방면으로 가는 장거리 열차, 또 옥스퍼드 및 런던 서부행 근교 노선을 운행하는 그레이트 웨스턴 레일웨이GWR 열차, 그리고 런던과 히스로 공항을 이어 주는 히스로 익스프레스 열차가 있습니다. 이렇게 많은 노선이 모여 있기 때문에, 실제로 패딩턴 역에 가 보면 상상 이상의 크기에 압도됩니다. 전광판에 번쩍번쩍 떴다 사라졌다 하는 열차 시각표, 열차를 타려고 플랫폼으로 서둘러 움직이는 사람들, 역 구내 카페에서 기차 시간을 기다리며 차를 마시는 사람들…… 패딩턴은 그런 인파 속에서 브라운 부부에게 발견되었으니 얼마나 다행인지요.

이 역의 1번선 플랫폼에 가면 지금도 패딩턴과 만날 수 있다는 걸 알고 있나요? 막 도착한 듯 여행 가방 위에 걸터앉은, "넓은 챙이 달린 어쩐지 기묘한 모자"를 쓴 패딩턴 동상이 있답니다. 역 2층의 12번선 플랫폼에는 패딩턴 기념품을 파는 가게도 있습니다. 패딩턴 팬들에겐 신나는 명소죠. 가게 옆을 서성대는 모습의 패딩턴 모형은 2014년에 개봉한 영화 「패딩턴」 광고용으로 런던 시내에 설치한 것 중 하나입니다.

"우리 집에서 지낼래?" (중략)
"매일 아침 마멀레이드를 줄게."

패딩턴 역의 패딩턴 동상
(토머스 스티븐Thomas Steven 촬영)

패딩턴 역(왼쪽)과 역 안에 있는 기념품 가게(오른쪽)
영국에서도 여기만큼 기념품을 골고루 다 갖춘 곳은 없다. 책부터 봉제 인형까지 무엇이든 구할 수 있다.

 브라운 부인이 별생각 없이 말한 '매일 아침'이라는 말이 패딩턴에게는 무엇보다 매력적인 울림으로 다가왔겠죠? "페루의 깊고 어두운 숲에선 마멀레이드가 아주 비싼데."라던 패딩턴, 매일 아침 마멀레이드를 먹을 수 있다니 분명 꿈같이 기뻤을 겁니다.

 그런데 패딩턴이 그렇게도 사랑해 마지않는 마멀레이드는 어디서 어떻게 만들어졌을까요? 마멀레이드의 어원도 신경이 좀 쓰입니다. 오렌지를 이용한 잼이라면 어째서 딸기나 블루베리 같은 다른 과일로 만들었을 때처럼 오렌지 잼이라고 부르지 않는 걸까요?

 마멀레이드의 기원에 대해서는 여러 가지 설이 있는데, 그 가운데 하나는 마멀레이드를 최초로 만든 사람이 스코틀랜드의 던디Dundee라는 도시에 살던 여성이라는 것입니다. 때는 1790년대, 이야기의 주인공 재닛 케일러Janet Keiller는 식료품 가게의 주인이었습니다. 어느 날 남편 제임스 케일러가 에스파냐에서 수입한 오렌지를 헐값에 한가득 사 왔습니다. 값이 싼 데는 다 이유가 있었습니다. 오렌지를 실은 배가 영국으로 오던 중 겨울 폭풍우를 만나 도착이 늦어지는 바람에 제값에 팔 수 없는 물건이 되고 만 것입니다. 그걸 제임스 케일러가 사들인 거죠. 그런데 이 오렌지는 가게 앞에 내놓아도 거의 팔리지 않았습니다. 유자만큼이나 껍질이 두껍고 알맹이는 적은 데다, 신맛이 강해 그 상태 그대로는 도무지 먹을 수 없었던 겁니다. 이 오렌지는 세빌 오렌지Seville orange라는 품종이었습니다.

안 팔려서 처치 곤란인 대량의 오렌지를 차마 그냥 두고 볼 수 없었던 재닛 케일러는 이 오렌지로 잼을 만들어 보았습니다. 이미 가게에서 유럽 모과인 마르멜루marmelo로 만든 잼을 '마멀릿'marmalet이라는 이름으로 팔아 널리 호평을 얻은 참이라, 그 후속 상품이라는 의미로 '오렌지 마멀릿'이라는 이름을 붙였습니다. 손님들은 이 새로운 상품에 달려들었습니다. '실패는 성공의 어머니'란 바로 이런 거겠죠. 재닛 케일러가 파는 마멀레이드는 큰 인기를 누렸고, 1828년에는 아들과 함께 마멀레이드 회사를 설립하기에 이르렀습니다. 이 회사의 이름은 '제임스 케일러 앤드 선'James Keiller & Son으로, 그들이 만든 마멀레이드는 스코틀랜드에서부터 저 멀리 오스트레일리아와 인도, 중국에 이르기까지 널리 수출되면서 세계적으로 유명해졌습니다.

'던디 케이크'라고 해서 마멀레이드가 들어가는 케이크도 있는데요. 아마도 던디 시내에 살던 누군가가 과일 케이크를 만들 때 말린 과일이 부족해 마침 손에 닿는 마멀레이드를 넣은 데서 유래한 것이 아닐까 추측하고 있습니다. 한데 이 던디 케이크를 최초로 상품화해서 팔기 시작한 것도 제임스 케일러 앤드 선입니다. 케이크를 구울 때 윗면에 아몬드를 방사형으로 올려 장식하는 것이 특징이지요.

덧붙이자면, 오렌지의 원산지는 세빌 오렌지가 자라는 에스파냐나 지중해 지역일 거라고 생각하기 쉬운데 중국, 인도, 미얀마 등 여러 가지 설이 있는 모양입니다. 로마제국 말기에 향신료나 비단 등과 마찬가지로 아라비아 상인들이 유럽에 가져온 것이죠. 풍족함의 상징이던 오렌지는 요리 재료가 되었으며 꽃에서 추출한 향료는 음식뿐만 아니라 목욕물이나 화장품에도 쓰였습니다. 하얀 오렌지꽃은 순결의 증표로서 신부가 쓰는 화관에도 곧잘 들어갔지요. 일설에 따르면, 이탈리아의 부호인 메디치 가문의 문장에 그려진 다섯 개의 붉은색 구슬이 바로 이 가문이 교역하던 쓴맛 나는 오렌지를 나타낸다고 합니다.

자, 이렇게 해서 런던 시내 포토벨로로드Portobello Road 근처의 윈저 가든스Windsor Gardens 32번지에 위치한 브라운 씨네 집에 살게 된 패딩

'마멀레이드 오렌지'라는 이름으로 파는 세빌 오렌지

2층 버스를 탄 패딩턴이 바라보았을 풍경. 왼쪽으로 해러즈 백화점 건물이 보인다.

턴. 영어를 할 줄 알고 예의 바르며 신사적인 곰이지만, 영국 생활은 죄다 처음 겪는 일뿐이라 이것저것 우스꽝스러운 실수를 저지릅니다. 브라운 씨 가족과 함께 살게 된 패딩턴을 통해 마치 우리 자신이 막 거기 살기 시작한 것처럼 영국의 평범한 일상을 체험할 수 있다는 것도 이 책의 재미입니다.

브라운 씨네서 맞은 첫 아침, 패딩턴은 침대에서 식사하는 사치를 맛봅니다. 쟁반에는 "반으로 자른 자몽, 베이컨 에그 한 접시, 토스트, 한가득 병째 놓인 마멀레이드, 그리고 커다란 컵에 듬뿍 따른 홍차"라는 전형적인 아침 식사가 마련되어 있었죠.

침대에서 아침을 먹는 것은 영국에서도 사치스러운 일이지만 더없이 영국다운 습관이기도 합니다. 전 세계적으로 히트한 드라마 「다운튼 애비」는 20세기 초 영국 귀족가를 다룬 사극인데, 하녀가 침실로 날라 온 아침 식사를 저택의 안주인이 우아하게 즐기는 장면이 종종 등장합니다. 몸단장 전에 느긋이 침대에서 즐기는 아침 식사라니. 요즘은 평범한 서민도 마음만 먹으면 휴가 때 호텔에서 맛볼 수 있는 즐거움 중 하나겠지요. 호텔에는 아침 식사를 쟁반에 담아 객실까지 가져다주는 서비스가 있으니까요.

패딩턴에게 호화로운 아침 식사를 차려 준 것은 브라운 씨네 집안일을 맡아보는 버드 부인이었습니다. 마멀레이드도 버드 부인이 직접 만든 것이었으려나요? 덧붙이자면 아침으로 토스트에 마멀레이드를 발라 먹는 것도 스코틀랜드에서 온 풍습이라고 합니다. 케이크를 구울 때 마멀레이드를 넣는 일은 흔히 있지만, 티타임을 대표하는 과자인 스콘에 마멀레이드를 곁들이는 건 본 적이 없습니다. 마멀레이드는 어디까지나 아침에 먹는 잼, 바싹 구운 얇은 토스트와 함께 먹는 잼이죠.

제가 아는 최고의 마멀레이드는 영국에서 머물렀던 집의 안주인 리

패딩턴도 좋아하는 영국식 아침 식사
바싹 구운 토스트와 마멀레이드(왼쪽), 토마토와 버섯을 올린 베이컨 에그(오른쪽)도 빠질 수 없다.

타 쿡 씨가 만든 것입니다. 저를 딸처럼 맞아 준 쿡 씨에게 저는 일본에서 온 패딩턴 그 자체였습니다. 쿡 씨네서 가장 즐거웠던 일은 아침마다 바삭바삭하게 구운 토스트에 버터를 듬뿍 바르고 그 위에 수제 마멀레이드를 올려 먹는 것이었습니다. '이만큼 맛있는 토스트가 또 있을까?' 하며 행복해하던 기억이 새록새록 떠오릅니다.

마멀레이드를 만들기에 가장 맞춤한 세빌 오렌지가 에스파냐에서 영국으로 실려 오는 건 딱 12월부터 2월 초순까지입니다. 이 계절에 리타 씨는 1년 내내 먹을 마멀레이드를 대량으로 만들었습니다. 제가 지내던 윔블던에는 동네의 채소 가게에 가판대가 있었는데, 그맘때면 가게 앞에다 '마멀레이드 오렌지'라는 애칭을 붙인 세빌 오렌지를 상자 한 가득 쌓아 놓고 팔았습니다. 어둑어둑 흐린 겨울 하늘 아래 오렌지만이 마치 태양처럼 밝게 빛났습니다.

집집마다 그 나름의 마멀레이드 만드는 법이 있는데, 리타 씨는 젊은 시절 이웃에 살던 아일랜드인 아주머니에게 배웠다고 합니다. 보통은 얇게 벗긴 껍질을 과육과 합쳐서 끓이지만, 리타 씨 방식은 세빌 오렌지를 통째로 냄비에 넣고 데치는 게 특징입니다. 수십 년에 걸쳐 줄곧 같은 방식으로 만들어 온, 리타 씨가 자랑하는 마멀레이드랍니다. 황금빛으로 반짝이는 마멀레이드 병을 테이블 위에 나란히 쭉 늘어놓던 리타 씨의 웃음 가득한 얼굴에는 자부심이 넘쳤습니다. 친지들 선물이나 케이크 재료로 1년 동안 대활약할 마멀레이드인 거죠. '어떤 유명한 가게의 마멀레이드도 리타 씨의 수제 마멀레이드에는 못 당하지!' 저는 지금도 그렇게 생각합니다.

1. 마멀레이드를 만드는 리타 씨
2. 마멀레이드용 오렌지를 껍질째 데치는 모습
3. 완성된 리타 씨의 마멀레이드

태양처럼 빛나는 세빌 오렌지가 가게 앞에 진열되면 마멀레이드 만드는 계절이 다시 돌아왔음을 깨닫게 됩니다. 이 세빌 오렌지가 시장에 막 나오는 때가 마침 영국에서는 연중 최대 행사인 크리스마스를 앞두고 사람들의 마음이 붕붕 뜨기 시작할 무렵이지요.

우리 패딩턴 또한 브라운 부인을 따라다니며 함께 물건을 사러 나가기도 하고 크리스마스카드를 벽난로 위 선반에 늘어놓기도 하면서 크리스마스를 준비하는 즐거운 나날을 보냅니다. 분명 식탁이 놓인 창문 곁에는 크리스마스트리를 장식해 놓고, 현관문 위에는 겨우살이(미슬토 mistletoe) 가지를 걸었겠지요. 크리스마스트리 옆에선 으레 그 아름다운 다발을 찾아볼 수 있을 만큼 겨우살이는 호랑가시나무, 담쟁이덩굴과 더불어 영국의 크리스마스에 빠질 수 없는 상록식물입니다.

크리스마스에 이 겨우살이 가지 아래에 함께 선 이들은 무조건 키스하는 풍습이 있어, 영국에서는 겨우살이를 '키싱 번치'kissing-bunch라고도 부릅니다. 북유럽신화에 나오는 사랑의 여신 프리그Frigg가 사랑하는 아들을 잃고 흘린 눈물이 겨우살이의 열매가 되었고, 그 아래에서 하는 키스는 사랑의 여신이 허락해 준다는 전설에서 유래했다고도 합니다. 키스를 한 번 할 때마다 열매도 하나씩 사라져 열매가 다 없어지면 그 효력도 없어진다지요.

민스파이며 푸딩이며 케이크며, 만들어야 할 게 산더미 같았기에 버드 부인은 하루 대부분을 부엌에서 보냈습니다. 민스파이에 아주아주 흥미가 있는 패딩턴은 어서 오븐을 열어 파이가 완성되었는지 확인하고 싶어서 어쩔 줄

몰라 했습니다.

— 『패딩턴의 크리스마스』[*]

버드 부인은 브라운 씨네 부엌에서 크리스마스 준비를 하느라 여념이 없습니다. 영국의 크리스마스에 빠질 수 없는 과자들이 버드 부인의 손에서 차례차례 만들어지면서 부엌에는 틀림없이 향긋한 냄새가 가득했겠죠. 특히 민스파이에 지대한 관심을 보이는 패딩턴이 파이가 어떤 맛일지 얼른 먹어 보고 싶어 어린아이처럼 안달하는 모습이 눈앞에 그려집니다.

크리스마스를 12월 25일에 기념하는 것은 고대부터 열리던 '동지 축제'에서 기원한 풍습이라는 얘기가 있습니다. 고대 로마제국에는 해를 신으로 숭배하는 태양신앙이 있었는데, 가을부터 겨울에 걸쳐 일조시간이 짧아지는 동안에는 죽음이 가까워진다고 생각해 두려워했습니다. '동지 축제'는 동짓날을 넘기면 날이 길어지는 데 따라 태양이 다시 빛나고 새로운 해가 찾아오기를 바라는, 즉 태양신 미트라의 재래再來를 기원하는 축제였지요. 크리스트교가 들어오면서 세상의 빛을 부르짖은 예수 그리스도의 탄생과 이 '동지 축제'를 엮어 축하하게 되었다는 것입니다.

크리스마스 과자에 들어가는 말린 과일은 태양 덕분에 거둔 수확을 상징합니다. 영국에서 크리스마스마다 빠지지 않는 민스파이, 과일 케이크, 푸딩은 모두 프루멘티frumenty라

* 일본어판 제목 パディントンのクリスマス를 옮긴 것으로, 원제는 *More About Paddington*이다. 한국어판 제목은 '사랑스러운 패딩턴'(홍연미 옮김, 파랑새 패딩턴 시리즈 2, 2014)이다.

는 간단한 우유 밀죽에 설탕, 향신료, 달걀, 말린 과일, 와인, 얇게 저민 고기 등 크리스마스가 아니면 맛보기 힘든 사치스러운 재료들을 넣는 것이 기본입니다. 프루멘티를 파이 반죽에 채워서 구운 것이 민스파이, 주석 틀에 붓고 구운 것이 크리스마스 케이크, 보자기로 싸서 찐 것이 크리스마스 푸딩이 되었다고 할 수 있지요.

특히 민스파이는 '얇게 저민 고기'를 가리키는 민스미트에서 유래한 만큼 그 기원이 지금도 이름에 남아 있다고 할 수 있겠습니다. 다만 17세기 중반쯤 고기의 일부 혹은 전부를 쇠기름으로 대체하기 시작해 19세기부터는 고기를 아예 쓰지 않게 되었습니다. 그 결과, 민스파이는 건포도 등의 말린 과일이나 견과류, 사과, 향신료, 쇠기름, 브랜디 같은 재료를 섞어 숙성시킨 다음에 이것을 예수가 태어났을 때 뉘어 놓았다는 구유 모양의 작은 타원형 파이 껍질에 담아 구워 내는 음식이 되었습니다. 크리스마스 날부터 1월 6일 공현절 까지 매일매일 민스파이를 먹으면 한 해 동안 행복하게 지낼 수 있다는 전승도 남아 있습니다.

중세 유럽에서 크리스마스 케이크의 원형이 된 것은 트웰프스 나이트 케이크Twelfth night cake입니다. 크리스마스로부터 열이틀째인 1월 6일 공현절 축제 때 강낭콩 한 개를 반죽에 넣고 구워 내는 케이크죠. 강낭콩은 아기 예수를 나타내며, 케이크를 잘라 나누어서 콩이 들어간 조각을 받는 사람이 그날의 왕이 됩니다. 이 전통은 프랑스에서 공현

***** 주현절(主顯節)이라고도 한다. 기독교 종파에 따라 아기 예수가 태어난 지 열이틀째에 동방박사가 찾아온 일, 또는 예수가 30세 생일에 세례자 요한에게 세례를 받은 일, 혹은 가나 혼인 잔치에서 첫 기적을 행한 일을 기념하는 날이다.
***** 공현절의 유래 가운데 동방박사가 찾아온 '열이틀째 밤'을 가리킨다.

1. 안에 종이 모자나 점괘가 든 크래커를 알록달록한 포장지로 사탕처럼 포장해 늘어놓은 크리스마스 식탁
2. 크리스마스 케이크와 뒤쪽 선반에 세워 둔 크리스마스카드
3. 구유 모양으로 구운 민스파이

절에 즐겨 먹는 디저트인 갈레트 데 루아Galette des rois로 지금까지 이어
지고 있습니다.

크리스마스 푸딩은 성탄절이 시작되기 5주 전 일요일에 가족이 다
함께 만드는 게 오래된 풍습입니다. 건포도와 쇠기름, 향신료 등등 해서
예수와 열두 제자를 상징하는 열세 가지 재료로 만듭니다. 이날을 스터
럽 선데이Stir-up Sunday라고 하는데, 전해지는 이야기로는 재료를 섞을
때 동쪽에서 서쪽으로, 즉 시계방향으로 저으면서stir up 소원을 빌면 새
해에 그 소원이 이루어진다고 하네요. 동쪽에서 서쪽으로 젓는 건 동
방박사 세 명이 예수의 탄생을 축하하러 온 것을 기념하는 의미랍니다.
모든 재료를 보자기나 도기로 된 틀에 붓고 천천히 찐 뒤에 한 달가량
숙성시킵니다. 참, 행운의 부적으로 알려진 6펜스짜리 은화를 넣는 것
도 잊으면 안 돼요. 그리고 나서 크리스마스 당일에 다시 몇 시간에 걸
쳐 한 번 더 쪄 주면 완성입니다.

빅토리아 여왕 시대에 크리스마스의 전통을 만든 작품이라고들 하
는 찰스 디킨스의 『크리스마스 캐럴』(1843)에는 보자기에 싼 크리스마스
푸딩을 솥으로 데우는 모습이 생생하게 그려져 있습니다. 후끈후끈한
푸딩 위에 그리스도의 수난과 영원한 생명을 상징하는 호랑가시나무

트웰프스 나이트 케이크. 1월 6일이면 강낭콩을 넣고
아이싱으로 장식한 호화스러운 케이크를 즐겼으며,
이것이 오늘날 크리스마스 케이크가 되었다.

1. 호랑가시나무 가지를 곁들인 크리스마스 푸딩
2. 호랑가시나무 무늬 보자기에 싸서 판매하는 크리스마스 푸딩
3. 크리스마스 푸딩에 브랜디를 끼얹고 불을 붙이는 쿡 씨

가지를 올리고 브랜디를 끼얹은 뒤 불을 붙여서 식탁까지 나릅니다.

　20세기 초 영국 상류층 가정의 크리스마스 풍경이 궁금할 때 보면 딱 좋을 작품으로 애거서 크리스티의 『크리스마스 푸딩의 모험』(1960)이 있습니다. 각자 나누어 받은 푸딩 안에 무엇이 들었는가로 분위기가 달아오르는 장면이 나오지요. 예로부터 크리스마스 푸딩 속에는 6펜스짜리 은화 외에도 반지, 단추, 골무 등 마스코트 격의 물건을 넣는 풍습이 있었습니다. 줄곧 독신으로 살아온 장년의 명탐정 포와로의 푸딩에서 장래에도 독신으로 지낼 것을 암시하는 단추가 나와 쓴웃음을 짓는 모습도 볼 수 있습니다. 나아가 고가의 루비 도난 사건도 실은 이 크리스마스 푸딩과 관계되어 있지요.

　패딩턴 이야기로 돌아가 볼까요? 브라운 씨 가족들도 모두 크리스마스 푸딩을 간절히 기다리고 있었습니다. 그런데 이게 웬일인가요? 버드 부인이 푸딩 속에 넣은 6펜스짜리 은화를 패딩턴이 삼켜 버리는 바람에 대소동이 벌어집니다.

　원래대로라면 은화가 든 푸딩 조각을 받는 건 새해에 부자가 되리라는 행운의 점괘입니다. 하지만 그런 걸 알 리 없는 패딩턴은 뼛조각이라고 생각하고 삼켜 버린 겁니다. 자, 이제부터가 큰일입니다. 삼킨 은화를 토해 내게 하려고 가족 모두가 달려들어 패딩턴을 거꾸로 매달고 탈탈 털어 보았지만 결국 은화는 나오지 않았습니다.

　곰돌이 패딩턴을 데려온 브라운 부부는 이 작품을 지은 마이클 본드와 그의 아내를 닮았습니다. 1956년 크리스마스이브, 마이클 본드는 패딩턴 역이 아니라 어느 백화점 선반 위에 혼자 오도카니 놓여 있던 곰 인형과 만나게 됩니다. 본드는 이 곰 인형을 보고 어쩐지 가여운 마음이 들었답니다. 그래서 그 곰 인형을 아내 브렌다에게 크리스마스 선물로 주려고 집에 데리고 돌아옵니다. 당시 부부는 패딩턴 역 근처에 살고 있던 터라 이 곰 인형의 이름을 패딩턴이라 짓고 귀여워했다고 해요. "그런데 패딩턴, 오늘은 크리스마스일 뿐만 아니라 네 생일이기도 해."(『패딩턴의 크리스마스』) 브라운 씨가 패딩턴에게 이렇게 말한 건 이 일화에 바탕을 둔 걸까요? 참고로 패딩턴은 생일이 여름에 한 번, 겨울에 한 번, 1년에 두 번이랍니다.

마이클 본드는 재미 삼아 패딩턴이 주인공인 이야기를 썼고, 2년 뒤 그 이야기가 『내 이름은 패딩턴』이라는 책으로 탄생하게 됩니다. 당시 본드는 BBC에서 텔레비전 촬영기사로 일하고 있었고, 첫 작품인 『내 이름은 패딩턴』을 출판한 1958년에는 큰딸 캐런Karen이 태어났습니다.

어느 인터뷰에서 캐런은 이렇게 말했습니다. "같은 해에 태어난 저와 패딩턴은 마치 형제처럼 사이좋게 함께 자랐어요." 패딩턴은 누구도 대신할 수 없는 어엿한 본드 가족의 일원으로 소중한 시간을 함께해 나갔을 테죠.

어느 방송을 통해 마이클 본드가 웃음 띤 얼굴로 부인이 직접 만든

해러즈 백화점의 패딩턴 코너

원작자 본드가 영화 광고용으로
직접 디자인한 패딩턴 동상

마멀레이드를 맛있게 먹는 다정한 모습을 본 적이 있습니다. '마멀레이드를 좋아하는 건 다름 아닌 작가 자신이었군.' 절로 미소가 지어지는 그 모습을 보면서 생각했지요. 탄생한 지 벌써 반세기가 넘은 패딩턴이 그 무엇보다 사랑하는 마멀레이드가 있는 아침은 따뜻한 가정의 상징처럼 영국의 생활 속에 언제나 살아 있을 것입니다. 🍎

패딩턴의 달콤한 아침
마멀레이드

재료 300ml 병 약 5개분

오렌지(무농약) 1kg, 백설탕 600g(오렌지의 60%), 레몬즙 50ml

1   오렌지를 깨끗이 씻는다. 큰 냄비에 오렌지를 넣고 떠오를 만큼 물을 부은 뒤 가열한다. 끓으면 약불로 줄이고 오렌지가 위로 떠오르지 않도록 접시나 오목한 뚜껑을 이용해 아래로 눌러 주면서 한 시간 정도 삶는다. 오렌지 껍질이 부드러워지면 소쿠리에 건져 식혀 둔다.

2   오렌지가 식으면 반으로 자르고 알맹이를 숟가락으로 떠내 볼에 담는다. 무게를 달아 1.2배 정도 되는 양의 물을 준비한다. 씨는 따로 발라내 거즈로 싼 뒤 끈으로 동여매고, 알맹이는 속껍질이 붙은 채로 잘게 썬다. 껍질은 얇게 저민다.

3   냄비에 2의 알맹이와 껍질, 물, 레몬즙, 준비한 설탕의 3분의 1을 넣는다.(이때 껍질이 충분히 물러지지 않았다면 설탕을 넣기 전에 껍질이 물러질 때까지 삶아야 한다. 설탕을 넣고 나면 껍질이 더 이상 부드러워지지 않는다.) 씨를 따로 싼 꾸러미도 넣은 뒤 꾸러미의 끈을 냄비 자루에 묶어 둔다. 우선 강한 중불로 끓이다 김이 나기 시작하면 뒤섞어 주면서 약불에서 끓인다. 나머지 설탕을 두 번에 나누어 넣고, 충분히 걸쭉해지면 씨 꾸러미 안에 든 것을 훑어 냄비에 붓고 불에서 내린다. 냄비에 숟가락을 넣어서 묻어나는 즙의 농도가 충분하면 완성.

4   아직 뜨거울 때, 끓인 물로 소독한 병에 담고 뚜껑을 꽉 닫는다.

메리 포핀스

코리 아주머니의
진저브레드에 붙어 있던
금빛 별 장식은 마치 마법처럼
진짜 별이 되어 반짝반짝 빛납니다.
침울해진 마음조차 행복하게 만들어 주는
과자와 음식 또한 그런 일상 속의
마법 중 하나가 아닐까요?

매서운 동풍을 타고 날아온 따뜻한 마법

『메리 포핀스』
MARY POPPINS, 1934

패멀라 린던 트래버스(Pamela Lyndon Travers) 지음 | 메리 셰퍼드(Mary Shepard) 그림

동풍이 부는 날 우산을 타고 하늘에서 내려와 뱅크스가를 찾아온 조금 색다른 유모.
메리 포핀스가 들려주는 이야기는 아이들을 신기한 모험의 세계로 이끕니다.

* 일본어판 하야시 요키치(林容吉) 번역(이와나미소년문고, 1954)

비행기가 런던 히스로 공항에 가까워지면 창을 통해 마치 인형의 집 같은 벽돌집 지붕이 눈에 들어옵니다. 오랜 세월이 쌓여 이루어진 건물들의 색조와 녹색 자연이 어우러진 아름다운 광경을 내려다보며 아, 런던에 왔구나 하고 마음이 부풀어 오르는 순간입니다. 한손에 우산을 들고 하늘에서 런던 거리로 내려온 메리 포핀스도 발아래 펼쳐진 이 풍경을 분명 기분 좋게 보았겠지요.

사계절이 있는 곳이면 어디든, 바람이 계절의 변화를 제일 먼저 알려 주지요. 영국에서는 시베리아 한기가 남하하며 만들어진 동풍이 겨울의 전령입니다. 메리 포핀스는 이 동풍을 타고 런던 체리트리레인 Cherry tree Lane(벚나무길) 17번지에 사는 뱅크스 씨네 집을 찾아오지요. 그리고 서풍이 불기 시작하면 영국에 봄이 찾아옵니다. 그 봄, 서풍을 타고 메리 포핀스는 다시 날아갑니다. 영국이 가장 어둡고 추운 계절에 찾아와서는 뱅크스 집안에 행복을 가져다주었구나 싶어지는 그때, 앗하는 사이에 봄바람과 함께 사라져 버리는 그의 존재는 그야말로 매직 magic입니다.

뱅크스가에는 은행에 다니는 뱅크스 씨와 부인, 그리고 제인, 마이클, 아직 아기인 쌍둥이 존과 바버라까지 네 명의 어린 자녀가 살고 있습니다. 얼마 전까지 아이들을 돌봐 주던 유모 할머니가 일을 그만두는 바람에 부부는 아이들을 대신 맡아 줄 사람을 찾고 있었습니다.

바로 그때 바람을 타고 나타난 메리 포핀스. 뱅크스가에는 더없이 안성맞춤이었기에 뱅크스 부부는 곧바로 그를 유모로 채용합니다. 오자마자 계단 난간을 타고 위층으로 올라가는가 하면, 융단으로 만든 텅 빈

비행기에서 내려다본 런던의 풍경

가방에서 새하얀 앞치마와 향수 같은 소지품은 물론 옷걸이와 조명, 장난감, 침구와 침대까지 요술처럼 하나하나 꺼내 놓고, 아이들 옷을 갈아입힐 때는 눈짓만으로 단추를 풀고……. 이 수수께끼투성이 유모는 특유의 신비로움으로 아이들의 마음을 단숨에 사로잡아 버립니다.

무엇보다 잠들기 전 아이들에게 한 스푼씩 먹여 준 시럽이 결정적이었을 겁니다. 처음에 마이클은 약이 아닌지 의심스러워 안 먹겠다고 합니다. 하지만 저를 뚫어져라 보는 메리 포핀스의 눈빛에 두려움과 호기심을 느끼며 눈을 꼭 감고 먹어 보니 글쎄, 딸기 아이스크림 맛이 나지 뭐예요? 누나 제인이 마신 건 라임 주스 코디얼cordial 맛이었습니다.

코디얼이 뭘까요? 라틴어로 '심장'을 가리키는 코르cor 또는 코르드cord에서 유래한 코디얼은 형용사로 '마음에서 우러나오는', 그리고 '심

종류별로 진열된 다양한 코디얼

장을 강하게 하는'이라는 뜻을 가지고 있습니다. 명사로는 크게 '강장 효과가 있는 약 또는 음료', 그리고 '허브 성분과 농축 과즙으로 만든 달콤한 시럽', 혹은 '그러한 리큐어liqueur(증류주에 과일, 꽃, 허브 등을 넣어 달콤한 향미를 더한 술)'라는 세 가지 뜻이 있습니다.

　루시 모드 몽고메리의 『빨간 머리 앤』에 라즈베리 코디얼이 나옵니다. 앤은 '코디얼'이라 적혀 있는 라즈베리 리큐어를 라즈베리 농축 시럽으로 착각해 친구 다이애나에게 술을 권하고 말지요. 그 결과 다이애나는 고주망태가 되고 모처럼 가진 티타임도 엉망진창이 됩니다.

　저는 코디얼 중에서도 엘더플라워로 만든 코디얼을 정말 좋아합니다. 엘더플라워는 영국의 여름을 대표하는 향기를 내뿜는 꽃이지요. 초여름 영국의 시골에 가면 멋대로 자란 딱총나무에 마치 레이스를 걸어 놓은 것처럼 사랑스러운 크림색의 작은 꽃들이 오종종하게 피어 있는 모습이 보입니다. 청포도 비슷한 향이 나는 이 꽃을 설탕 시럽에 밤새 재워 두었다가 체에 걸러 코디얼을 만듭니다. 여름에는 차가운 탄산수에 타서 마시면 산뜻하니 좋고, 겨울에는 뜨거운 물을 타서 마시면 감기나 가래에도 효과가 있답니다. 또 이 꽃을 따서 설탕, 레몬즙을 더해 엘더플라워 샴페인 같은 약한 발포 음료를 직접 만드는 것도 코디얼 제조에 견줄 만한 이 계절의 재미입니다. 최근에는 일본에서도 딱총나무를 키우는 사람이 있는가 하면 영국제 유기농 엘더플라워 코디얼도 쉽게 구할 수 있어 기쁩니다.

영국 유모의 황금기는 19세기 중반부터 제2차 세계대전이 시작될 무렵까지였다. 다만 '내니'nanny라는 호칭 자체는 1920년대에 들어와 일반적으로 쓰이게 되었다고 한다. 이전까지는 '너스'nurse라고 했다. 아이들 방은 너서리 nursery라고 했는데, 그곳은 집 안에서 독립된 공간이었고 유모가 그 공간의 지배자였다. 아이는 태어나면서부터 유모의 손에 맡겨져 식사부터 화장실 예절에 이르기까지 전부 유모에게 일임되었다. (중략) 완전히 부모를 대신하는 존재였다.

일상에 마법이 스민 듯한 켈트 문화권. 피들, 아코디언, 밴조로 연주하는 아일랜드 전통음악은 퍼브 같은 휴식 공간에서도 빠지지 않는다.

번역가 아라이 메구미新井潤美는 영국의 '유모' 문화에 대해『기분 나쁜 메리 포핀스: 소설과 영화로 보는 '계급'』(2005)에 이렇게 썼습니다. 영국의 계급사회, 특히 중산계급 이상의 부유층 사이에서는 아이를 혈육이 직접 키우는 것보다 남의 손에서 키우는 걸 더 훌륭한 양육으로 생각했던 모양입니다.

뱅크스가에 고용된 메리 포핀스는 유모라는 직업에 자부심을 갖고 아이들을 교육하는 의무를 담당했습니다. 곧잘 흥 소리를 내며 콧방귀를 뀌고 아이들을 늘 엄격하게 지도하는 등 결코 상냥하다고는 할 수 없지만, 아이들을 보살피고 예절 교육도 또박또박 시키는 그의 모습에서는 프로의 위엄이 넘칩니다. 아이들과 어느 선 이상으로 가까워지지 않으면서도 따뜻한 눈길로 아이들을 지켜보는 전문가이지요. 마이클이 "메리 포핀스 아줌마만 있으면 다른 건 하나도 필요 없어!"라고 외치게끔 하는 그 매력이란 한눈에 척 봐서는 알 수 없는 다정함과 누구보다 신비로운 능력에서 우러나오는 것일 테죠.

『메리 포핀스』를 지은 패멀라 린던 트래버스는 1899년 오스트레일리아 북동부 퀸즐랜드에서 태어났습니다. 스코틀랜드계 어머니와 아일랜드계 아버지로부터 켈트인의 피를 물려받아 오래된 요정 이야기 등 켈트 전승문학에 깊이 빠진 트래버스는 W. B. 예이츠를 비롯한 켈트 시인들과도 교류하며 영향을 받았습니다.『켈트 요정 이야기』의 번역자 이무라 기미에井村君江

* 예이츠가 쓴『아일랜드 농민의 요정 이야기와 민담』(*Fairy and Folk Tales of the Irish Peasantry*, 1888)와『아일랜드 요정 이야기』(*Irish Fairy Tales*, 1892)에서 켈트 요정에 관한 이야기 28편과 시 8편을 골라 엮어 번역한 책.

녹색을 수없이 많은 색조로 분류해 표현한다는 아일랜드. 그 풍부한 녹색 속에서 요정 이야기가 발달했다.

는 "아일랜드에서 말하는 '눈에 보이지 않는 세계'는 현세와 전혀 차원이 다른 곳에 존재하는 게 아니라 집 뒤편의 숲속, 언덕 중턱, 샘 밑바닥 등 소위 현실에 직결된 채로 존재하기 때문에, 어느 날 갑자기 숲속 지름길이나 달빛이 비추는 들판에서 요정들과 만날지도 모른다"고 썼습니다. 이런 점에서 보면, 『메리 포핀스』에서 그림 속으로 들어가 애프터눈 티를 즐긴다든지 공중에 붕 떠서 티타임을 갖고 동물과 수다를 떠는 일 등은 현실에 스며든 마법이자 당연스러운 일상에 존재하는 또 하나의 신비로운 세계라고 생각할 수도 있겠지요.

메리 포핀스와 버트가 즐기는 '동화 나라'의 티타임

"사모님, 친절한 상류층 가정에서는 격주로 목요일 1시부터 6시까지 휴가를 주시던데요. 사모님께서도 그렇게 해 주시면 감사하겠습니다. 만약 그렇게 하시지 않는다면……."

뱅크스 부인이 정한 매주 목요일 세 시간에 더해 격주로 두 시간씩의 휴가까지 추가로 당당히 받아 낸 메리 포핀스는 성냥을 파는 친구 버트를 만나러 기분 좋게 서두르며 나갑니다. 뱅크스 부인과 아이들에게 보이는 고지식하고 엄한 태도를 벗어던지고 유모라는 책임 막중한 직무로부터 떨어져 매력적인 한 명의 여성으로 시간을 보내는 메리 포핀스가 거기 있습니다. 두 사람은 버트가 포장도로에 그린 그림 속으로 들어가 애프터눈 티를 즐깁니다. 그곳은 메리 포핀스가 말하는 '동화 나라'입니다. 녹색 테이블 위에는 메리 포핀스가 아주 좋아하는 나무딸 기 잼을 바른 케이크가 허리 높이까지 수북이 쌓여 있고, 놋쇠로 된 찻 주전자에는 따끈한 홍차가 준비되어 있습니다. 휴가일이면 두 사람이 즐겨 먹는 것이지요.

메리 포핀스가 좋아하는 나무딸기는 라즈베리입니다. 런던 같은 도 회지에서도 골목길 산울타리에 야생 라즈베리가 열려 있는 걸 볼 수 있 을 정도로 영국에서는 친숙한 과일입니다. 초여름에는 갓 딴 라즈베리 에 크림과 설탕을 뿌려 먹는 것이 제일가는 영국의 별미죠. 보석처럼 아름답게 내리쬐는 태양의 맛이 난답니다. 그맘때면 여기저기 농장마 다 '직접 따시오'pick-your-own라고 적힌 간판을 내걸어 놓습니다. 밭에서 재배한 라즈베리를 비롯해 딸기, 블랙베리 등 좋아하는 과일을 원하는 만큼 따서 무게를 달아 구입하는 방식입니다. 직접 따니까 가게에서 사 는 것보다 신선하면서도 싼값에 살 수 있습니다. 그래서인지 잼을 만들 기 위해 찾는 이들도 많습니다. 특히 라즈베리를 딸 때는 꽃받침에서 열

라즈베리 나무와 열매. 농장에서 라즈베리를 직접 따서 살 수 있다.

매가 쏙 튀어나오는 게 재미있어서 자꾸자꾸 따게 됩니다.

야생 라즈베리는 유럽에서 이미 몇천 년 전부터 자생하고 있었습니다. 중세에는 필사한 책에 색을 입히는 데 이 라즈베리 과즙을 이용하기도 했고, 영국에선 눈병과 위장병을 치료하는 약으로 이용해 온 역사가 있습니다. 잼으로 만들면 딸기보다 한층 더 붉고 예쁜 색을 띠는 라즈베리. 빅토리아 여왕이 좋아한 빅토리아 스펀지케이크도 버터케이크 사이에 라즈베리 잼을 바르는 것이 정석입니다. 잼 타르트나 트라이플 같은 과자에도 빠질 수 없는 잼입니다.

메리 포핀스는 길 양옆을 지그시 보며 곰곰이 생각하는 듯하더니 문득 결심한 듯 근엄하게 말했습니다.
"생선 가게!" 그러고는 유모차를 돌려 정육점 옆집으로 들어갔습니다.
"도버 서대기 하나, 넙치 1.5파운드, 참새우 1파인트, 바닷가재도 하나 주세요." 메리 포핀스가 말했습니다. 굉장히 빠른 어조라 이런 주문에 익숙한 사람이 아니면 알아듣기 힘들 정도였습니다.

쌍둥이를 태운 유모차를 밀며 제인과 마이클을 데리고 장을 보러 나온 메리 포핀스. 정육점에 들러 소시지를 산 그는 옆에 있는 생선 가게에 들어갔습니다.

일본과 마찬가지로 영국은 바다로 둘러싸인 섬나라입니다. 어느 지점에서든 해안선에서 100킬로미터 이상 떨어진 곳이 없고, 동쪽으로는 세계 3대 어장의 하나인 북해가 있으며, 고기가 잡히는 크고 작은 강이 사방팔방 흐르고 있으니 생선이 풍부할 수밖에요. 그런데 막상 영국에서 슈퍼마켓 같은 곳에 가 보면, 의외로 고기보다 생선이 비싸고 진열된 생선 종류도 별로 다양하지 않더군요.

그럼 메리 포핀스가 산 생선을 한번 볼까요? 우선 도버 서대기(도버 솔Dover sole)라는 생선은 이름처럼 주로 도버해협 근처에서 잡히는 몸집이 탄탄하고 커다란 서대기입니다. 슈퍼마켓에선 보기 힘든 고급 생선이지요. 영국에서는 레스토랑에서도 가정에서처럼 도버 서대기를 버터에 지지고 레몬을 뿌려서 생선 본연의 맛을 즐기는 편입니다. 넙치로 번역한 핼리버트halibut는 커다란 북해산 광어입니다. 영국에서는 흰 살 생선을 솔sole이라 부르는 서대기류와 해덕haddock, 코드cod 등의 대구류, 그리고 핼리버트, 플레이스plaice 등의 넙치류로 나누어 취급합니다.

처음 영국에서 생선을 살 때는 뭘 어떻게 골라야 할지 몰라 난감했습니다. 그러다 제가 살던 윔블던까지 흰색 밴에 생선을 싣고 찾아오는 이동식 생선 가게 덕분에 영국 생선에 대해 잘 알게 되었죠. 30대의 젊은 부부인 리사와 조가 이 이동식 생선 가게를 운영하는데, 매주 화요일 영국 북부 링컨셔 지방에 있는 그림스비Grimsby 마을에서부터 북해

영국의 생선 가게(왼쪽)와 밴을 타고 찾아온 생선 상인 부부(오른쪽)

에서 잡은 생선을 싣고 멀리 런던까지 찾아왔습니다. 밴의 뒷문을 열면 생선이 가득 진열된 가게가 됩니다. 미리 부위별로 손질해 늘어놓는 대신, 반 토막 또는 통째로 진열해 놓고 주문이 들어올 때마다 해 달라는 대로 잘라 주지요. 홍합이나 새우, 게, 오징어 같은 해물이나 훈제 연어도 있습니다. 여기서 파는 도버 서대기는 신선함 그 자체였는데, 뫼니에르* 용으로 집에 가져가서 지지기만 하면 되게 손질해 줍니다.

흰 살 생선을 이용한 요리로는 피시 앤드 칩스Fish and Chips가 있지요. 영국에서 가장 서민적인 생선 요리이자, 패스트푸드로 유명합니다. 흰 살 생선 토막에 밀가루와 달걀노른자, 맥주, 우유 등으로 만든 옷을 입혀 튀기고 여기에 칩스, 즉 막대 모양으로 튀긴 감자를 곁들입니다. 소금과 몰트비네거(맥아 식초)를 뿌려 먹는 것이 정석입니다. 예전에는 무조건 신문지로 둘둘 말아 주었지만, 인체에 유해한 납이 신문지 잉크에 들어 있다고 알려진 뒤로 갱지같이 무늬 없는 갈색 종이에 싸서 주는 경우가 많아졌습니다.

피시 앤드 칩스를 만들 때는 대체로 값이 싼 대구를 쓰지만, 가게에 따라서는 생선 종류를 고를 수 있는 곳도 있습니다. 원래 피시 앤드 칩스는 19세기 중반에 집에서 식사를 하기 힘든 공장 노동자들이 든든하게 먹을 끼니로 고안되었습니다. 그런데 산업혁명 시대에 철도가 정비되어 미들랜드와 링컨셔 등의 지방에서 대도시로 감자와 생선을 운반할 수 있게 되면서 보편적인 식문화로 정착했다고 합니다.

* 생선에 밀가루를 묻혀 버터에 지지는 프랑스 요리.

가게에 들어가니 안은 어두침침했고 윗면이 유리로 된 진열대가 삼면을 빙 두르고 있었습니다. 유리 아래 넓적한 진열장 안에는 거무스레하고 바삭하게 마른 진저브레드가 수없이 열을 지으며 놓여 있었습니다. 그 납작한 과자 하나하나마다 큼지막한 금빛 별 장식이 붙어 있어 그 반짝임 때문에 가게 안이 희미하게 빛나는 것처럼 보일 정도였습니다.

생선 가게 다음에 들른 곳은 진저브레드를 파는 "엄청 작고 엄청 초라한 가게"였습니다.

'진저브레드'라 불리는, 생강이 들어간 케이크는 영국을 대표하는 가정식 과자입니다. 독일, 스위스, 네덜란드, 프랑스, 미국 등 세계 각국에서 다양한 형태와 맛을 가진 진저브레드가 사랑받고 있습니다.

생강은 고대 중국에서부터 약용식물로 재배되어 왔습니다. 중국의 『신농본초경』神農本草經에 해독 작용을 비롯해 식욕을 돋우고 소화를 돕는 효과, 몸을 따뜻하게 하는 효과 등이 있는 약으로 기록되어 있습니다. 지금도 감기가 들었을 때는 흔히 생강을 달이거나 차로 끓여 마십니다. 『고사기』古事記를 보면, 일본에는 약 2,600년 전 중국 오나라로부터

피시 앤드 칩스(왼쪽)와 촉촉한 케이크풍의 진저브레드(오른쪽)

생강이 전해진 것으로 보입니다.

생강은 2세기에 이집트를 거쳐 고대 로마제국으로 들어왔는데, 역시 요리용이 아니라 주로 약으로 귀하게 여겨졌습니다. 영국에는 7세기 무렵인 앵글로색슨 시대에 생강이 전해져 중세까지는 고기를 보관할 때 악취를 없애고 맛을 끌어올리는 후추처럼 썼습니다. 헨리 8세는 페스트에 대한 저항력을 키우기 위해 생강으로 만든 약을 먹었다고도 하고 그 무렵 사람들이 설탕에 절인 생강을 과자처럼 먹었다고도 하니, 진저브레드의 역사도 이 시대로 거슬러 올라간다고 할 수 있겠습니다.

유럽에서는 진저브레드라는 말이 보존을 위해 건조한 생강을 가리키는 경우도 있습니다. 열대 아시아가 원산지인 생강은 유럽에선 자라지 않기 때문에 말린 것을 분말 형태로 쓰는 일이 많았겠지요. 생강은 말리면 약효가 더 높아진다고 하네요.

귀여운 모양의 진저브레드 맨은 엘리자베스 1세 시대에 맨 처음 만들기 시작한 것으로 전해집니다. 귀빈이 방문하면 여왕이 그 사람과 닮은 진저브레드 맨을 만들어 건네주었다고 하네요. 동시대에 활약한 윌리엄 셰익스피어의 『헛소동』에도 진저브레드가 등장합니다. 민족의 이동과 함께 유럽 각지로 퍼진 진저브레드가 나라마다 고유한 형태로 줄곧 만들어지며 다양하게 뿌리내렸다는 점이 흥미롭습니다. 영국 내에서만 봐도 케이크풍의 부드러운 진저브레드와 비스킷 형태의 딱딱한 진저브레드가 있습니다.

레이크디스트릭트에 있는 글래스미어 마을의 전통 진저브레드는 비스킷 형태입니다. 그 옛날 산을 넘어 이곳을 지나는 사람들의 귀중한

1·2. 글래스미어 마을에 있는 진저브레드 가게인 '새라 넬슨의 진저브레드'
3. 이 가게에서 만드는 진저브레드는 주머니에 넣고 걸어도 부스러지지 않을 만큼 단단하다.

별 모양으로 장식한 코리 아주머니의 진저브레드
위에 붙은 장식이 밤하늘에서 반짝이는 별이 된다.

에너지원이었던 만큼 호주머니에 넣고 다녀도 부스러지지 않을 만큼 딱
딱하게 굽습니다. 1854년에 새라 넬슨Sarah Nelson이라는 여성이 시인 워
즈워스가 잠들어 있는 교회 옆 작은 집에서 이 진저브레드를 처음 팔기
시작했습니다. 지금도 전통 방식 그대로 굽는 진저브레드의 인기는 식
을 줄 모릅니다. 세 명이 들어가면 꽉 차 버리는 자그마한 가게에는 언
제나 사람들이 줄을 서 있습니다. 안쪽 부엌에선 진저브레드 굽는 좋은
냄새가 풍겨 옵니다. 이 가게의 레시피는 기밀 사항으로 내셔널 웨스트
민스터 은행에서 소중히 보관하고 있다고 합니다.

메리 포핀스 이야기에서 코리 아주머니가 "알프레드 대왕이 배워
간 비결"로 만들었다는 진저브레드는 어떤 맛이었을까요? 알프레드 대
왕은 871년부터 899년까지 칠왕국의 웨섹스Wessex를 다스린 앵글로색
슨 시대의 으뜸가는 왕입니다. 100년 가까이 이어진 북유럽 바이킹의

침략을 진압하고 쇠퇴하던 기독교 문화를 부흥시켰으며 학교 설립 등 교육에 진력한 것으로도 역사적으로 높은 평가를 받는 인물입니다. 코리 아주머니 말에 따르면 알프레드 대왕이 "요리에도 아주 뛰어났다"고 하니, 필시 아주 훌륭한 레시피였을 겁니다. 그런데 이 알프레드 대왕과 아는 사이인 코리 아주머니의 나이는 대체 몇 살일까요? 이미 인간으로서는 살아 있을 수 없을 정도로 고령일 텐데, 대체 어떤 사람인지 무척 신경이 쓰이는 대목입니다.

코리 아주머니의 진저브레드에 붙어 있던 금빛 별 장식을 아주머니와 메리 포핀스가 밤하늘로 올려 보내자, 마치 마법처럼 진짜 별이 되어 반짝반짝 빛납니다. 침울해진 마음조차 행복하게 만들어 주는 과자와 음식 또한 그런 일상 속의 마법 중 하나가 아닐까요? 🍎

우산 타고 날아온 유모의 행복한 마법

진저브레드

재료 18cm 사각 틀 1개분

무염 버터 120g, 물엿(또는 꿀) 60g, 당밀(또는 흑설탕) 60g, 황설탕 120g, 생강가루 1작은술, 계핏가루 1/2작은술, 달걀(대란) 1개, 박력분 180g, 베이킹소다(탄산수소나트륨) 1작은술, 우유 140ml
장식 레몬 껍질 적당량

1   틀에다 베이킹 시트를 깔아 둔다. 오븐은 150도로 예열해 둔다.

2   냄비에 무염 버터, 황설탕, 물엿, 당밀을 넣고 약불에 올려 천천히 녹인다.

3   체온과 비슷할 정도로 식으면 2의 냄비에 달걀을 풀고 고무 주걱으로 잘 섞는다. 여기에 박력분, 생강가루, 계핏가루를 섞어 체에 내린다. 마지막으로 데운 우유에 베이킹소다를 녹여 냄비에 부은 뒤 전체적으로 잘 섞는다.

4   준비한 틀에 반죽을 붓고 예열한 오븐에서 40분 정도 굽는다. 가운데를 나무 꼬챙이로 찔러 반죽이 묻어나지 않을 정도로 구워지면 틀째로 식힌 뒤에 랩을 씌워 보존한다. 굽고 나서 하루나 이틀 지나면 촉촉하고 쫀쫀해져서 더 맛있다. 좋아하는 크기로 잘라 별 모양으로 찍어 낸 레몬 껍질로 장식한다.

영화 「사운드 오브 뮤직」에서 주인공 마리아는 아이들에게 주장했다. 개에게 물리거나, 벌한테 쏘이거나, 마음이 슬플 때는 자기가 좋아하는 것들을 떠올려 보라고. 그러면 기분이 나아질 거라고 노래했다. 확실히 그렇다. 연기가 되어 세상에서 사라져 버리고 싶은 마음만 간절한 위기의 순간에도, 보고 싶고 듣고 싶고 먹고 싶고 하고 싶은 것을 어느 한 귀퉁이에 생각나는 대로 적어 내려가다 보면 거기 직접 가닿을 때까지는 버텨 보자 하는 의지와 용기가 솟는다. 좋은 것들을 골라 펼쳐 놓는 간단한 행위로 일어나는 마법이다.

마리아를 기운 나게 하는 것들은 무엇이었을까? 내 생각에 마리아의 목록 중에서 마음을 가장 사로잡는 건 이 부분이다.

크림색 조랑말, 사각 씹히는 사과 슈트루델
초인종 소리, 썰매 방울 소리
국수를 곁들인 슈니첼

Cream-colored ponies and crisp apple strudels
Doorbells and sleigh bells
And schnitzel with noodles

온갖 산뜻하고 귀엽고 웃음 나는 것들이 열거되는 가운데 영화의 배경인 오스트리아의 명물 사과 슈트루델과 슈니첼이 존재감을 내뿜는다. 돌돌 말린 반죽과 사과가 사각거리며 달콤하고 차지게 씹히는 사과 슈트루델. 또, 뜨거운 기름에 자글자글 튀겨 내 잘라 보면 얇게 편 송아지고기가 촉촉할 슈니첼에다 레몬즙을 뿌리고 올챙이국수처럼 생긴 치즈 슈페츨레Spätzle까지 곁들이면 정말 맛있겠지! 꼭 노랫말의 운율 때문이 아니더라도 떠올리는 것만으로 마리아가 즐거워할 만하다.

음식의 맛과 향이 담긴 단어는 글줄 위에서도 도드라져 상상의 풍미를 더한다. 그중에서도 특히 이국이나 이세계의 물건들은 알 듯 모를 듯한 정체로 더욱 깊은 인상을 남긴다. 옅은 갈색에 안쪽은 크림빛이 돌며 한 조각이면 하루가 거뜬한데 맛까지 좋다는 『반지의 제왕』의 여행식량 렘바스Lembas는 대체 어떤 빵일까? 스콘 비슷할까, 아니면 비스킷? 친구가 추측한 대로 칼로리바란스 맛일 수도 있고, 글래스미어 마을에서 맛볼 수 있다는 진저브레드 비슷할지도 모른다는 생각도 들지만, 가운데땅에 이르지 못하는 한 영원히 풀지 못할 미스터리다. 설명이 구체적이라 오히려 더 신비로운 경우도 있다. "체리 타르트, 커스터드, 파인애플, 구운 칠면조, 토피 사탕, 버터 바른 뜨거운 토스트 맛이 동시에" 나더라는 『이상한 나라의 앨리스』의 병 속 액체가 그렇다. '맛있음'을 묘사하는 그 두서없는 나열 속의 명사들이 하도 생생해서 도리어 입맛이 다셔진다. 커피 원두에 관한 몇 줄짜리 설명글이 일깨우고자 하는 것도 바로 이런 상상력일지 모른다. 나도 한 모금에 느껴 보고 싶어!

『책장 속 티타임』의 저자가 탐독한 책들 속 다양한 이국적 먹을거리는 기쁘게도 상상 속에만 존재하는 것이 아니라 대부분 마음만 먹으면 실제로 찾아볼 수 있는 것들이다. 영국 아동문학을 공부하며 마주한 감각적 자극, 작품의 공기 중에 떠다니는 생소한 매혹에 반해 저자는 과감하게도 영국에 한동안 살아보러 떠났다. 문학작품의 배경이 된 지역의 실제 공기를 담아 온 그의 영국 이야기는 마치 좋아하는 것들만 펼쳐 놓은 마리아의 목록처럼 설레는 애정과 행복으로 구성되어 있다. 찾아가고, 마주치고, 얻어듣고, 구해다 먹고, 만들어 가며 차린 이 책의 풍성한 티타임 다과상을 보고 『버드나무에 부는 바람』의 두더지라면 황급히 외칠 것이다.

"악, 잠깐만 기다려 줘! 듣기만 해도 가슴이 벅차올라!"

2019년 2월
최혜리

사자, 마녀 그리고 옷장

Sibley, Brian. & Alison Sage. *A Treasury of NARNIA: The Story of C.S. Lewis and His Chronicles of Narnia*. Harper Collins Children's Books, 1999.

White, Michael. 中村妙子 訳.『ナルニア国の父 C.S. ルイス』岩波書店, 2005.(*C. S. Lewis: The Boy Who Chronicled Narnia*. Abacus, 2005.)

버드나무에 부는 바람

Beeton, Isabella Mary. *Mrs Beeton's Book of Household Management*. S. O. Beeton Publishing, 1861.

Paston-Williams, Sara. *The National Trust Book of Christmas and Festive Day Recipes*. Penguin Books, 1983.

斎藤惇夫.『物語が生まれる不思議: 斎藤惇夫氏講演録』川口あそびと読書連絡協議会, 2011.

비밀의 화원

Campbell, Susan. *Walled Kitchen Gardens*. Shire publications Ltd., 1998.

Cotler, Amy. Prudence See(illustration). 北野佐久子 訳.『秘密の花園クックブック』東洋書林, 2007.(*The Secret Garden Cookbook: Recipes Inspired by Frances Hodgson Burnett's THE SECRET GARDEN*. Festival, 1999.)

Glasse, Hannah. *The Art of Cookery Made Plain and Easy*. 1747.(reprinted by Prospect Books, 1983.)

鳥山淳子.『もっと知りたいマザーグース』スクリーンプレイ, 2002.

春山行夫.『花ことば: 花の象徴とフォークロア』平凡社, 1986.

곰돌이 푸

Milne, Christopher Robin. 石井桃子 訳.『クマのプーさんと魔法の森』岩波書店, 1977.(*The Enchanted Places*. Methuen, 1974.)

磯淵猛.『一杯の紅茶の世界史』文春新書, 2005.

石井桃子.「プーと私」『石井桃子コレクションV エッセイ集』岩波現代文庫, 2015.

猪熊葉子. 中川祐二(写真).『クマのプーさんと魔法の森へ』求龍堂, 1993.

川北稔.『砂糖の世界史』岩波ジュニア新書, 1996.

피터 래빗 이야기

Humble, Nicola. 堤理華 訳.『ケーキの歴史物語』原書房, 2012.(*Cake: A Global History*. Reaktion Books, 2010.)

Potter, Beatrix. *The Journal of Beatrix Potter from 1881 to 1897*. Frederick Warne & Co.Ltd., 1966.

Taylor, Judy. 吉田新一 訳.『ビアトリクス・ポター: 描き、語り、田園をいつくしんだ人』福音館書店, 2001.(*Beatrix Potter: Artist, Storyteller, and Countrywoman*. Warne, 1997.)

北野佐久子.『ビアトリクス・ポターを訪ねるイギリス湖水地方の旅』大修館書店, 2013.

新井潤美.『魅惑のヴィクトリア朝: アリスとホームズの英国文化』NHK出版新書, 2016.

한밤중 톰의 정원에서

Davidson, Alan. *The Oxford Companion to Food*. Oxford University Press, 1999.

Pearce, Philippa. *The Garden of the King's Mill House, Great Shelford*. Book Production Consultants Plc, 1994.

平野敬一.『マザー・グースの唄: イギリスの伝承童謡』中公新書, 1972.

제비호와 아마존호

Brisley, Joyce Lankester. 上条由美子 訳.『ミリー・モリー・マンデーのおはなし』福音館書店, 1991. (*Milly-Molly-Mandy Stories*. Harrap, 1928.)

Christie, Agatha. 乾信一郎 訳.『バートラム・ホテルにて』ハヤカワ・ミステリ文庫, 1976.(*At Bertram's Hotel*. Collins Crime Club, 1965.)

Pettigrew, Jane. *The Festive Table*. Pavilion Books Ltd., 1990.

Potter, Beatrix. 石井桃子 訳.『キツネどんのおはなし』福音館書店, 1988.(*The Tale of Mr. Tod*. Frederick Warne & Co, 1912.)

Potter, Beatrix. 石井桃子 訳.『「ジンガーとピクルズや」のおはなし』福音館書店, 1973.(*The Tale of Ginger and Pickles*. Frederick Warne & Co, 1909.)

Wardal, Roger. *In Search of Swallows and Amazons: Arthur Ransome's Lakeland*. Sigma Leisure, 2006.

사과밭의 마틴 피핀

Farjeon, Annabel. 吉田新一・阿部珠理 訳.『エリナー・ファージョン伝: 夜は明けそめた』筑摩書房, 1996.(*Morning Has Broken: A Biography of Eleanor Farjeon*. Olympic Marketing Corporation, 1986.)

Farjeon, Eleanor. 中野節子 監訳. 広岡弓子・原山美樹子 訳.『ファージョン自伝: わたしの子供時代』西村書店, 2000.(*A Nursery in the Nineties*. V. Gollancz, 1935.)

Sanders, Rosie. *The Apple Book(RHS)*. Frances Lincoln, 2014.

石井桃子. 『児童文学の旅』岩波書店, 1981.

시간 여행자, 비밀의 문을 열다

Judd, Denis. 中野節子 訳. 『物語の紡ぎ手　アリソン·アトリーの生涯』JULA出版局, 2006.(*Alison Uttley: The Life of a Country Child(1884-1976): the Authorised Biography*. Michael Joseph, 1986.)

北野佐久子 編. 『基本 ハーブの事典』. 東京堂出版, 2005.

佐久間良子. 『アリソン·アトリー』(現代英米児童文学評伝叢書 6). KTC中央出版, 2007.

내 이름은 패딩턴

Christie, Agatha. 橋本福夫 訳. 『クリスマス·プディングの冒険』ハヤカワ·ミステリ文庫, 1985.(*The Adventure of the Christmas Pudding*. Collins Crime Club, 1960.)

Clarkson, Janet. 竹田円 訳. 『パイの歴史物語』原書房, 2013.(*Pie: A Global History*. Reaktion Books, 2009.)

Dickens, Charles. 脇明子 訳. 『クリスマス·キャロル』岩波少年文庫, 2001.(*A Christmas Carol*. Chapman&Hall, 1843.)

Pike, Mary Ann. *Town & Country Fare & Fable*. David & Charles Ltd., 1978.

北野佐久子. 『ハーブ祝祭暦』教文館, 2010.

메리 포핀스

Montgomery, Lucy Maud. 村岡花子 訳. 『赤毛のアン』新潮文庫, 2008.(*Anne of Green Gables*. L. C. Page&Company, 1908.)

Yeats, William Butler 編. 井村君江 編訳. 『ケルト妖精物語』. 筑摩書房, 1986.

石毛直道·辻静雄. 中尾佐助(全巻監修). 『週刊朝日百科世界の食べもの』(イギリス 1) 朝日新聞社, 1981.

新井潤美. 『不機嫌なメアリー·ポピンズ: イギリス小説と映画から読む「階級」』平凡社新書, 2005.

村上志緒 編. 『日本のハーブ事典』東京堂出版, 2002.